做天下好诗集

唱吧，悲伤

蓝蓝抒情诗集

蓝蓝 著

江苏凤凰文艺出版社
JIANGSU PHOENIX LITERATURE AND ART PUBLISHING, LTD

图书在版编目（CIP）数据

唱吧，悲伤 / 蓝蓝著. — 南京：江苏凤凰文艺出版社，2016
ISBN 978-7-5399-9722-3

Ⅰ. ①唱… Ⅱ. ①蓝… Ⅲ. ①诗集—中国—当代
Ⅳ. ① I247.5

中国版本图书馆 CIP 数据核字（2016）第 243384 号

书　　名	唱吧，悲伤
著　　者	蓝　蓝
责任编辑	于奎潮　王娱瑶
出版发行	江苏凤凰文艺出版社
出版社地址	南京市中央路 165 号，邮编：210009
出版社网址	http：//www.jswenyi.com
印　　刷	三河市华东印刷有限公司
开　　本	880 × 1230 毫米　1/32
印　　张	11.125
字　　数	230 千字
版　　次	2017 年 1 月第 1 版　　2020 年 1 月第 2 次印刷
标准书号	ISBN 978-7-5399-9722-3
定　　价	45.00 元

目 录

卷一(1983—1994)

卷二（1995—1999）

卷三(2000—2003)

卷四（2004—2006）

卷一

（1983—1994）

春天的一个夜晚

就这样吧就这样
夜深了
让我唱完最后一支歌
让我再闭上眼睛想想这一切
在这个春天
在这个不长翅膀的夜晚

我采集了所有逝者的困倦
所有婴儿们未曾被污染的感觉
种植在早晨第一阵微风里
我要走过去，看看
黄昏的收获
一串串眼泪从金色的花朵里滚落
而最早照进夜里的一抹阳光
有多么的虚弱啊

1983 年

往　事

在那个夜晚里有全部的往事
是你对另一个人的思念
打动了我么？

遥远的除夕之夜
你的脸隐入黑暗
你的双脚
走入另一道门
另一个夜晚的街树下
你的手指轻柔地
揩去
另一张面孔上的泪水
是那茫然的力量
使你在最后的时刻
放弃了另一个花期的抉择么？
那是最后一天
桌上的啤酒泛着泡沫
对面一个模糊的人影

倚墙而坐

那一夜有你全部的往事
我伏在钟声里泣不成声
亲爱的!
你怎会知道你对另一个人的
思恋
使我感动也使我
蒙羞

1986 年

一条路

那是一条路，亲爱的
一条语言的道路伸展过来
道路上有雨
淋着林子里每一棵孤独的树
有风穿越菱形或扇形的叶子
穿越我的长发
我清凉的呼吸
亲爱的，那是一条路
我看见
你在一条语言的道路上走着

你在一条语言的道路上走着
你年轻的脸好看地仰着
庄重、洁净
你带来了盛水的瓦罐、谷种
带来了植物的芬芳和
祖先的身影
你走在语言的道路上

走在意志的水底
走在起伏的阳光里
所有的隐喻蜡烛般明亮起来
你路过我篱笆的早晨
是谁在一丛紫薇树后
叫出你的名字
是谁的脸庞又隐入花丛

我的手指　温热的脸颊
贴近你
某一个时刻
你在语言的道路上走着
路过我的生命
亲爱的你走到了我的门前
这样就够了
是的你路过了我的庄园
仅仅这样就够了

1988 年

圣诞节过后的第一首诗

现在。我的目光从一个窗口陷入
　　另一个窗口
召唤那些厚窗帘遮挡住的灵魂
灯光一样蓦然熄灭的名字
我想象。每一个窗外都站着一棵树
它们开花，泄露屋里的快乐
家庭暖烘烘的说话声，炒菜的香味
它们开花，结忧郁的果实
现在。我漫无目的地路过每一个人
和他的林子。雪落在某一天的肩头
雪飘在一列火车昏黄的车厢里
我隔着小木桌望着你。隔着一场雪
我在一条小路上匆匆走着
背囊空空
可你没有跳下车来。我背囊空空
现在。我记起那一天渐渐晚了
暮色里，圣诞夜的北京风真冷
我躺在冰凉的地下室

这是第一首诗。我路过你的窗口
有个地方我从没去过,叫不出
它的名字

列车似乎又过了好几站
夜里,远处有几点灯光像野兽的
亮眼。我想象沿途的花都开放了
和你。爱情和你。你的脸
被无形的伤痛雕刻的额头
我在那远处的绞刑架上受难
隐在暗处的你的微笑。你的手
有一条路我不曾走过,月光很好
阳光也好。我在山洞中摸到一颗骷髅
女人就是女人,我是世界的另一个
看见酒。诗篇。永远温存的歌声
看见人们匆匆赶回家中
我退进憧憬
情人的脸捧在手中,风景一片模糊

现在。锅是空的。房子是空的。
我直想哭
活到现在我直想哭
打一个电话,再打一个电话

窗口一个接一个闪过了。我坐在车上
听从道路。听从宿命。我
和一场雪。和你。黑眼睛在含笑
那些条律和概念不崇高也不卑贱
那些莫名其妙的方向和人群
我无从知道。沿途是我的山岗和草地
这都是偶然。如同生命,陌生的自己
我坐在车上,被命运
带向终点

1988 年

红蔷薇

在静肠河边吹口琴的人
在废铁轨旁静静坐着的人
是我身旁的人
我在人间的亲人
已隐去在群山中
在群山的大雾里
充满我的衣袖、发际
而我来、我去　孤独无依
还不曾有过
如此脆弱的红蔷薇
风儿呵　你要轻轻地吹

那随风飞逝的花朵
也将我们的负担拿开了
高高的山岗上
夕阳像一个正在沉落的岛屿
这是真正的事件
终结　失掉

美自被打破的美中完成
那吹角的　那砍柴生火的
在炊烟中弥漫的恩惠
还有谁懂？
单瓣的红蔷薇在你手中
再一次获得光泽和芳香
使我与你的相聚
成为唯一的可能

最初的定情信物
滴落的一分一秒在汇聚
一把剪刀剪下向日葵的头
剪碎蔷薇的脸孔
供黄昏的祭礼使用
凭什么我们同时到达山林？
怀念。怀念和祝福。
怀念和期待。
我看到最后一天的落日
地球上最后一朵红蔷薇
夜凉了
秋天已经来临

还不曾有过什么

像歌声那样完美
那样完美地使我们感到
我们正一点点化为乌有
倘若没有爱
世界连残骸也不会留下
没有幸福、休息
　　宁静和忧伤
红蔷薇
当大幕后的合唱尚未开始
你如何坚持
如何开口
让我们身体里堆满
　　来历不明的光辉
让我们辛楚地看到
你多么平静地
在风中
凋零

1990 年

雨中的小城

在雨中什么都变得
　　离我很近了
木轮车　黑布伞
新刷上红漆的我家的门
我的爹娘
他们刚刚下班
坐在旧饭桌前
想一些平凡的事情
想着很多年前的事情
他们朴素的面孔
像雕像下的泥土一样生动

在雨中什么都变得
　　离我很远了
滴水的梧桐　街道
迷蒙的车灯
窗后的人影晃动着
树林摇响着树林

远处传来
辘轳打水的声音
我在雨的房子外
看着临街的窗口

更陌生的人们
更陌生的激动和宁静
我站在枞树下
听到古庙的铃声响着
而郊外的秋庄稼
都收割完了

小城的雨雾深处
火焰在颤动
仿佛草庙里的佛灯

1990 年

七　月

七月。林中的歌
由溪水和几只鸟唱出
它正在向我移动

它将把爱情送来
从田野和湖泽的宁静中来
波浪般的日子在身后合拢
我是否已经流逝，是否
　　正在流逝
无数个日子里一个人的脚
　　一动不动

来吧　来吧
到有阳光的大路上
到草原　吻那干净的唇
欢乐是什么？
北方越冬的小麦
蒿茅里有家的草蛉。

幸福是什么？
七月的落日　颂歌中
我像泪水充满了你的
　　眼窝

来吧　来吧
指给我看
茅屋　林中沙沙的声响
　　虫鸣
有人悄悄合上忧伤的双目——

1990 年

孩子的孩子

看哪！
是我最先说出了你

是树叶的根柄和倒下的古木
是第一缕辉煌的阳光在山的头顶
说出了你和你的甜蜜
在过去的蓝天下
你放牧着深谷里的乱石
放牧着已经落下和停留在枝头的果实
满怀着爱情
你独自跨越无数片刻的时间
去探望河岸两旁隐匿的爬藤
它们在阳光和湿润的泥土里
安置着静谧的睡眠和永恒的秘密
树神们从高崖俯下身来
还有白头的农神扶着银犁
他的衣襟就像你黑色的额发
在微风中轻轻拂动

更烂灿的光投进了深谷

　　　　　　是我
　　　　　　最后说出了你

借你的手我搭起了祭坛
那些默不作声的石头
黑色和白色的石头
从你失去了山林的眼睛里
重新显现
还有一队队无名的野红果、黄菊
携带着庞大的乐队
向你走来
在最阴惨和悲伤的日子里
你注定要和远远跟在你身后的人相遇
那是我
许多年前已在迎候
我要递给你银箭和仍在颤动的松枝
为你吻去脚上的尘土
唤你是人间的流亡者和有福的人

　　　　　　记住吧
　　　　　　是我

无数次地说出了你

无数次尝到青草一样的苦味
众神们隐身在溪水后
他们微笑
看我在沼泽旁种植香木
为你
向群山祈祷、礼拜和歌舞
收藏起夜风吹向深谷的回声
为你
点燃一堆温暖的火
去照临你胸膛里的冰河
啊！痛苦使痛苦变得比美更美
比繁茂的森林更欢乐
这一切胜过只做了一半的悲惨的美梦
这一切引导你升出黑色的深渊
走向一阵小雨飘过后的沉默里

在那里
在矮灌木的卧床上
你贴近了山林丛中的腹地
贴近了河流的交叉处
你感到了我

感到了万物的中央
充满十月里稻草的金黄和芬芳
充满着最轻柔的力量
而鲜花饱含露珠在四周开放
这是怎样迷人的美景：
因为一个甜睡的少年
斜憩在那双深情注视他的目光下
在那无际的胸怀中
母性之光映出最辉煌的一瞬
家的门开了
他重新成为孩子的孩子
他白皙的肩膀裸露在上帝的竖琴上
宛如最朴素的盛装
众神
你们如何赞颂这完美的奇迹
如何挽留这奇妙的节日啊！

1990 年

敲钟人

敲钟人到来的时候
欢乐的生命又开始了

我不再守着泉水和野鸽子的睡眠
因为你已到来
像秋天的风送来第一个长吻
这些村庄外面的荞麦地已经苏醒
太阳闪光的金片叮当地碰响在风中
因为你来了
揭去覆盖在僵冷躯体上的丧服
唤回被阴沉的噩梦和苦难劫走的时光
那些失去了酒、炉火和歌喉的生灵
在凄怆的悲痛中不再微笑的少女
望见你平静而灿烂的面孔
就会转过脚步走向牧羊人的草棚
就会继续坐下来
编织他们的布和蓑衣

诗人中的诗人啊
告诉我你是怎样在最初的暗夜里
看到了没有眼睑的群星
说吧，那声音里的钟来自何处？
石头里的音乐
泥土下面人们的喁喁低语
它们来自何处？
是不是幸运的人比不幸的人更值得怜悯
当世界的黑夜降临
众生都已哑然昏睡
孤独的守夜者仍在歌唱
在一切失去了名字的地方
念出了上帝家里的来信
念出了最早的福言

这些身旁赤裸裸的卵石
汩汩的流水
这些落叶、一掠而过的红尾水鸟
在另一个地方栖居
在另一个地方展开令人心醉的图画
半个银月露出山岗的时候
纯洁的光辉里有人在永久地驻留
山风已徐徐吹去望月者心中的隐痛

来自高处的垂怜
使欢欣的眼雕像般石化了：
当长眠即将来到时
使人们仍能互相看见绵绵不绝的爱情

我还看到了更多的炊烟和候鸟
它们归去的方向是钟声传来的方向
清贫的敲钟人完成着他的圣职
把乡村和城镇的人们召集在天空下
使失聪者倾听
使盲人看见风信子的面孔
使姐妹们拿起针线
缝补异乡人破损的鞋袜和帐篷

你　年轻的神
戴着金盏花冠　衣衫褴褛
快乐地走在荒原上
那没有接到邀请也要说出祝福的人
是你
是庆典上最容易被忘却和忽略的歌手
是水、空气和柔和的呼吸
使我披散的黑发向后飘动
那一刹那我看到了你的微笑

敲钟人
最终的宁静将归于你呵!

1990 年

漂往远海

在最后的时刻
我确信会受到祝福
很多年以前的秋天
你涉过山涧里清浅的河水
它倒映出从前情人的身影
你望着沿岸的一座座坟墓
它们被阳光亲切地照耀着
一队含笑的脸
你说：
让我们读一读吧
这些是上帝写的字
当孩子们唱出它的任何一个词
死神也会潸然泪下
你说：
把我们的手放在神殿前
弹奏起长风并且祈祷吧
那时我已确信最后的欢宴终将到来
我在众多的河流中认出了

你的族徽和你的船
我认出你系在船尾的宽绸
它曾佩带在你青春闪亮的高额上
如今已布满累累的伤痕和爱神留下的
　　深吻
在温暖的空气中
它长长地翻飞
像滴水的书卷吸引着生命
旧日的朋友
坐在露出浪花之上的礁石旁
祝福并照亮我们
他们是会唱歌的灯塔
指示着永远宁静的航程
啊,那最后的水晶门廊
多么广大,美丽而冰冷
镶嵌着珍珠、珊瑚和宝石
在那里我们摆上鲜艳的贡品
爱情、桌椅和蔷薇花枝
一切誓约和诺许
都有了完美的结局

曾经自由漂泊的木船
已停靠在海底

长日的等待终止了
我们轻轻唱起情歌
携手穿行在水草和救渡落难者的
　　波涛里
我们沉浮在海中
活在水鸟和鸥群里
那唯一的花园中
长鳍的鸟儿自生锈的甲板上游近
那些歌已不是凄凉的吟唱
而是虔诚的新的欢乐和献祭
有谁还能领略这样长久的甜蜜
看到从诚实的眼睛里倾出的
　　银色泪水
有谁还能在众人的赞美中
听出自己的声音
在模糊的音乐里整日整夜地沉醉
啊，爱人
让我们每天把最精美的浪花和云
赠给那些贫穷的人
让我们把水洒在他们肩头
把风系到高高的桅杆
他们不知这恩赐来自何处
椰林每年都欣然结出甘甜的果实

他们不知道是谁居住在我们体内
给我们安慰
使我们感激这无言的垂怜和慈恩
当船队顺流而下时
我们遇到了童年的房屋、辰星
外祖母夏夜里讲的故事
所有亲切的令人怀念的时光
纷纷归来
簇拥在船舷周围
我们热泪盈眶　深深祝福的声音
在最后的一刻如期降临

1990 年

秋天的列车

秋天的列车在半夜
　　准时通过。它载走
　　候鸟、树叶和黄昏时
常到河边打草的老汉。
岸边光秃秃的树、羊圈的
　　土墙和我　不走
留在风中
抱紧各自的孤独
星星看上去不太远，像铁轨旁
　　一闪而过的小蓝灯
它们默不作声
守着生命撤走后的寂静

我不清楚秋天过后的一切
是不是都沉为忠实的矿脉
也许　我曾经和草丛中的萤火虫
一同被捉走？
是不是我冒犯了万物的法则

偷偷躲过搜索者的眼睛
在佯装的熟睡里　或者
　　在戛然停住的亲吻中？

是不是那场庄严的告别里根本
　　没有我
没有我想到的花开花落
而仅仅是从一只鸟里又飞出
　　另一只鸟
轻轻拍远了翅膀　不让任何人
　　看到

1991 年

鹤岗的芦苇

谁藏在细细的苇秆儿里
听风在叶子上沙沙地走？
谁　用最轻的力量
把我举起　举向他自己
假如秋天来临

假如有谁追问我的出身
我看见秋天活在一根芦苇上
呼唤我进去
湮没或者　下沉
芦花像一场铺天盖地的大雪
纷纷落满湖泽
我看见几只灰鹤纸鸟一样
　　斜斜飘过沙岗
消失在远处的沉默里

我是不是可以这样回答
　　黑暗里的拷问

我背负太重而欠得又太多
一片一片飞逝的芦花：
伤心的。
小小的。

1991 年

风中的栗树

让我活着遇到你
这足够了。

风中的栗树
我那寒冷北方的栗树
被银色的月光照亮过。
我多么想说出我所知道的
村庄的名字、打谷场
睡杜鹃和只活一个夏天的甲虫
我知道我会哭它们
一年又一年地脱离它们
在林中空地我踩着一个边
梦见它们。
忘了这些　我就会蓦然
　　熄灭。

我多么想对人说一说栗树的孤单
多想让人知道

我要你把我活着带出
　　时间的深渊。

1991 年

石人山

这座山的名字将要消逝。
是梦都会消逝。

它被那场大雪抹去的一切
与我的整整一生有关。

话语和脸。
幸福的话语和脸。
而它将更久远地活着
它要痛苦地保存
我太多的遗产。

1991 年

白汗褂子

草篮子是为南山的甜莓编的
线捻子是白头的娘为你纺的
谁又托你穿上白汗褂子
让它生出夏天、杨穗、榆钱儿
生出闪电

站在荞麦地里你叫我妹妹
躺在谷草堆里你叫我姐姐
要是红雀子觉得麻雀子美
那它就错了

白汗褂子扇出的风
是静下来的风
白汗褂子淋下的雨
是老早以前的雨

挡路的笑你的红兜肚
让他笑去

赶脚的愁你的石磨盘
让他愁去

白汗褂子搭在墙头上
它晒的是晌午的日头
爹种的棉花
娘织的布
破了的袖子是我补的
补了唱剩的半河曲儿
补了不坐果的一拢树

要回家你就把它穿好了
要进城你就把它忘下吧

1991 年

野葵花

野葵花到了秋天就要被
　　砍下头颅。
打她身边走过的人会突然
　　回来。天色已近黄昏。
她的脸　随夕阳化为
　　金黄色的烟尘
连同整个无边无际的夏天

穿越谁？穿越荞麦花似的天边？
为忧伤所掩盖的旧事，我
　　替谁又死了一次？

不真实的野葵花。不真实的
歌声。
扎疼我胸膛的秋风的毒刺

1992 年

苹果树

一棵苹果树在时光里奔走
浑身碰响薄薄的小钟
我是桥
一棵苹果树流水一样奔走

我要留下来不动
安静地听她夜风里的絮语
她被暴雨折磨着的哭声
她的影子变短又变长
我需要被她看到：
我脸红时她在场
证明我永远年轻地爱着
而周围的一切
都随着她飞快地
　　奔跑

1992 年

大地·落叶

如果秋天的落叶、溪水
　　一定要消逝。
我被托付给收割完的苍茫大地
在暮色里让歌声随黄昏星
　　一同升起。

它被蹂躏过。也被守林人
　　紫狐一样的眼看见。
它为我留下怀念和爱
因为接下来就是冬天。

死了的东西终会在它身上再活。
我不能不爱它——
黎明时我蹚开露水草　站在
无人的岸边微笑
我系上黄头巾　那是它
从人间最后收回的颜色。

我不想惊动谁
我愿偷偷接受田野最轻的香气
冬天就要到来
还有雪。还有它换衣服时美极的身躯
　　被我梦见。

1992 年

如今我黑黑的眼睛

如今我黑黑的眼睛
比写在书上的夜醒得更早

比赤麻鸭更早看见
北方青青的麦苗

如今积雪是可以想起的往事
可以在梨花下吟唱的过去

如今杨穗掉在田头
地米菜像恋爱的眼睛开满小路

我看见杏树金色的微风翻动
在墙头弄出斑斑驳驳的花影

仿佛这一切从另一个春天传来
是另一个人迈动我轻快的双脚

如今暖暖的风早已吹远
地虫在苏醒后的恐惧里忙碌

如今我不再想下一个春天
那里已经不会有这张忧伤的脸

1992 年

大河村遗址

又一个大河村。
乌鸦在高高的杨树上静卧着
成群的麻雀飞过晒谷场
翅膀沾满金黄的麦芒
它们认出我。

微风还是几年前那样吹过
没有岁月之隔
我难道是又一个?

黄昏,长长的影子投向沙丘
又到了燃升炊火的时候
熟识的村民扛着铁耙
走在田埂上
牛驮着大捆的青草
像从前一样,我闪到一旁——

没有岁月之隔。

只有大河村，这一动不动的
滔滔长河。

1992 年 2 月

春　夜

春夜,我就要是一堆金黄的草。
在铁路旁的场院
就要是熟睡的小虫的窠。
还没有离开过,我还没有爱过。

但在茫茫平原上
列车飞快地奔驰,汽笛声声
一片片遥远的嘴唇发出
紫色的低吟　它唱着往事。

唱着路过的村庄
黑黝黝树林上空的红月亮
恍然睡去的旅人随车轮晃动
这一垄青翠的庄稼在深夜飞奔!

它向前飞逝,我就要成为
夜里写下的字。就要
被留在空荡荡的铁轨旁

触到死亡的寒冷。
还没有醒来过，我还没有呼救过。

1992 年 2 月

在我的村庄

在我的村庄，日子过得很快
一群鸟刚飞走
另一群又飞来
风告诉头巾：
　　夏天就要来了。

夏天就要来了。晌午
两只鹌鹑追逐着
钻入草棵
看麦娘草在田头
守望五月孕穗的小麦
如果有谁停下来看看这些
那就是对我的疼爱

在我的村庄
烛光会为夜歌留着窗户
你可以去
因那昏暗里蔷薇的香气

因那河水
在月光下一整夜
淙潺不息

1992 年 4 月

夏 夜

那些梧桐叶！
将属于一张脸的月光偷去
但它漏下了星星
屋角蟋蟀的叫声
我爱那双拿着诗稿的手
沾满草香和湿润的夜露
我爱在麦地里迅速写下的短诗

风媒花　虫媒花
结亲和恋爱的世界上
寄到人间的情书

1992 年 6 月

想哭的时候

戴什么样的花冠？
什么样的歌声能使大地震颤？
我的心年轻
它渴望爱情

当向日葵金色的花粉
沾满我的头发和嘴唇
我要离开这里
回到蜂群中去。还有
　　清晨的鸟　林间的潮气
与我相关的生命在路边：
马莲草　红樱花
我的亲戚是碧绿的野麻。
我要从树荫后飞到
　　另一只红甲虫身旁

呵，放牛的，请走近地埂坐下
请将对岸的河风捎来

直到黑暗给了夜空沉默的群星
给了临死的草虫庄严的寂静。

是谁？我一定被什么爱着
看见了比眼睛能看见的更多
想哭的时候
绿薄荷把它的清凉
一阵阵吹进我的眼窝

1992 年 8 月

写给无名的

你是没有的
你是永远不来到我记忆中的
你是没有的
而我又被谁所等待
让不安把我充满

生命中会有
无需讲话的时刻
世界上只剩下我
像大雪中坚持不落的
　　鲜红水果
我怎样闭上眼睛梦你？
爱你？我怎样
忧伤地
朝望不见你的方向望你？
在听不到你声音的声音中
　　倾听你？
我说不出那些话语

比泪水　更温柔的话语

你是没有的
你是永远不来到我记忆中的
你是没有的
而我又被谁所想象
被想象的虚妄取代？

生命中会有
　　无需思想的时刻
世界上也不止有我

这期待不曾向任何人诉说。
谁是我？谁借我之口
深深地缄默？
你是永远不来到我记忆中的
你是没有的

1992 年

最后一位歌手

要赶路的夜行马车你拐弯吧
拉上最重一捆黄谷你走吧
一生的时间对于我
还不够。　倒映在水面的星星
不是星星。曾活过的人
都已化为尘土。
还不够，我的祈祷
　没有得到回答
没有什么能带来安慰：
每个秋天和以往的秋天
　仅仅是相似

但我毕竟有过悠闲的时刻，在十月
　看见几只麻雀掠过屋顶
撩起扑噜噜的响声
我能长出丰美的翅膀
　追上她们飞
我能开花，金黄或者鲜红

一直开到第一场大雪降临
我看到了谁　谁就是我的：
水井、一头花奶牛、红色的柿树
　忽然奔跑起来的一列山峰

会哭的事物才会活下去
我　或者任何一阵夜雨
　　呜咽的林涛、水声
升起到一个故乡　又
　　沉入光中
像绵绵不绝的山谷里的回音
再没有什么可以丢失　再没什么
　　可以被夺走。

1993 年

哪个秋天

我的爱，哪个秋天的臂弯
也许是所有秋天的去处
我见过你，像一棵绿菠菜
从土里长到我面前

收豆子的时候，月夜
或是你坐在田埂上
草又软又香
天空有些薄云，头顶的杨树
哗哗地唱着老叶子最后的忧伤
忘了什么？时光
　　还是你自己？

让我想一想，我的心
一只黑亮的蟋蟀，孤单的风
我听你说：
　　为了配得上它们……
你害羞地扭头望着树林

那里藏着一窝鸟
你眼睛里藏着一个钟神
我突然停住——
　　像一个亡逝在秋天的人

1993 年

在有你的世界上

在有你的世界上活着多好。
在散放着你芦苇香气的大地上呼
　　吸多好。

你了解我。阳光流到你的唇旁
当我抬手搭衣服时我想。

神秘的风忽然来了。你需要我。
我看到你微笑时我正对着镜子梳妆。

夜晚。散开的书页和人间的下落
一朵云走过。我抬头望着。

在有你的世界上活着多好。
下雪的黄昏里我默默盯着红红的
　　炉火。

1993 年岁末

拥有很少东西的人

螽斯和蟋蟀
绿衣歌手和黑袍牧师
在夏夜的豌豆丛中
耳语，小声呢哝。

“这些——”，一个人侧耳谛听，
“宁静的泉水多么温柔地填平了
　　我那悲惨命运的深坑——。”

1993 年

拿镰刀的人

拿镰刀的人就要来了。
他就要来了。

在秋天的最后一个傍晚
在生命的暮色和宁静里
他一个人来，拿着镰刀
这些地是他的。
这些从春天长到秋天的庄稼
也是他的。
他要把这些会唱歌的谷穗
带回家。

拿镰刀的人就要来了。
来不及开放的花朵
永远不再开放
已经成熟的大豆高粱
将要被堆到他的粮仓
脸贴着脸

在漫长的冬季里做梦
梦见它们初恋的时光

拿镰刀的人就要来了。
他还要再来，拿着镰刀
在春天，三月的路上
他一个人来
背着种籽、水和阳光
查看人类的苗床

是的，大家都习惯了
这是一个古老的契约
拿镰刀的人就要来了
没有谁能说得出
他的模样

1993年

在小店

去年的村庄。去年的小店
槐花落得晚了。
林子深处　灰斑鸠叫着
　　断断续续的忧伤
一个肉体的忧伤，在去年
泛着白花花悲哀的盐碱地上
　　在小店。

一个肉体的忧伤
在树荫下，阳光亮晃晃地
照到今年。槐花在沙里醒来
它爬树，带着穷孩子的小嘴
牛铃铛　季节的回声
灰斑鸠又叫了——

心疼的地方。在小店
离开的地方。在去年

1994 年　大铺村

萤火虫

我的眼睛保住了多少
　　萤火虫小小的光芒！
那些秋天的夜晚
萤火虫保住了多少
　　星空、天籁、稻田的芳香！

清凉的风吹进树荫
轻轻抱起活过的恋人
山楂树低垂的果实下
　　那互相靠近的肩膀

绿荧荧的小虫游丝一样织进
　　山林、村落、溪水的流淌
爱啊，温柔的亲娘
保住了多少往事和叹息
众多细小的生灵
保全了我幸福而忧伤的一生……

1994 年　大铺村

孤　独

她的花瓣的唇的芳香和
　　它自己轻细的声音

他单薄的手指的温存
　　同它更为寂寞的寻问

这一个　和另一个
谁？
没有他们。

分别痛苦拥抱在一起的
　　两个外人。

1994 岁末

流　年

有什么能使光秃秃的树记起
　　春天曾到过这里
当它的主人把果实从雪里摘尽？
想起南方来的蜂群？
那时从槐荫下走过的人？
我不止一次听见谁自言自语：
“在我们老家，夏天的晚上
那满地的月光……”

正如八月的黄昏
我坐在朝西的山坡上
晚风把树叶吹得沙沙作响
我是谁曾爱过的人呢？
那时，远山对落日说：
“你又来了吗？”
除了我
还有谁能听懂这句话？

1994 年 4 月

忧　郁

一只接雨的灰瓦盆
被押往深夜。
滴答。滴答。
水珠轻轻敲响丧钟
浅绿。透明。
瓦盆走着,一刻不停。

1994 年

草　原

草原,是什么?

——那天我唱起东蒙长调
在办公室! 我唱——
独自,放肆。
有人猜想:
“你有个蒙古情人。”
我摇头又点头——
大草原茫茫的花香啊
见过它的人都会说:
　　这是真的。

1994 年 9 月　郑州

卷二

（1995—1999）

让那双爱你的手靠近

让那双爱你的手靠近，姑娘
让它们离开时沾满幸福：
波浪、山峦、喷泉
长发、乳房、嘴唇
让与世界孪生的美找到名称

让那盲目的抚摩看见更多
梦中和渴望的指尖的复眼
你洁白的天鹅弯颈和探寻之间
生活又开始：
真正的教育和一寸肌肤上
　　爱的孕育
刹那间保持下去的记忆的证言
呵，此刻窗外树枝的轻颤
与往日不同——
　　过去的一切　都已陈旧

1995 年

柿 树

下午。郑州商业区喧闹的大道。
汽车。人流。排长队人们的争吵。
警察和小贩争着什么。
电影院的栏杆旁
——亲爱的，这儿有棵柿树
有五颗微红的果实。
灰色的天空和人群头顶
五颗红柿子在树枝上——
亲爱的，它是
这座城市的人性。

1995 年

让我接受平庸的生活

让我接受平庸的生活
接受并爱上它肮脏的街道
它每日的平淡和争吵
让我弯腰时撞见
墙根下的几棵青草
让我领略无奈叹息的美妙

生活就是生活
就是甜苹果曾是的黑色肥料
活着，哭泣和爱——
就是这个——
　　深深弯下的身躯。

1995 年

那美和情欲的——

　　那美和情欲的——
目光暧昧的轻触:槐树林的脖颈,一片
被虫子咬了缺口的叶子(大腿上
　　甜蜜的痣)　以及
几只麻雀在冬天洁白胸脯上
　　寂寥的叫声

　　那美和情欲的——
一条消失在腋窝紫色雾里的小径
背玉米的妇女额头上
　　被隐秘细尘填满的皱纹
三月,沿着芳香欲望的指引
一队蚂蚁爬出了春天的洞口

……啊,是的,我爱你白杨的身体,你迷人的
星空的嘴唇有着疯狂温存

永不停息的亲吻：

——那美和情欲的。

1995 年

我梦见……

我梦见有人低下头
吻着一双粗糙的女人的手
它的老茧　斑驳褪色的红指甲
像有虫眼儿的早落的果子
我梦见那嘴唇沾满泪水
仿佛红罂粟流出让人迷醉的汁液
我梦见破沙发蒙着厚尘
被两个紧紧拥抱的身体擦净
——在那间空房子里
骤然响起噩梦般的电话铃声

1995 年

自 语

“雨声”？还是“雨生”？
它们是你的名字？
夏天，石人山，落叶——
我怎么从来不知晓？

槐花开得多么急切
我寻找你的脚迈得多么急切
为了这个，它刚刚长成
你果真有一双手？孤单的手？
——我为什么现在才知道？

1995 年

多久没有看夜空了

星星。一颗。还有一颗。
每夜它等你。
等你看它一小会儿。

那时，你在灯下写：
满天的星光……
你脸红。你说谎话。

它在夜风中等你。
静静唱着灿烂的歌。

1995年

谈论人生

他好像在讲一本什么书。
他谈论着一些人的命运。

我盯着他破旧的圆领衫出神。
我听见窗外树叶的沙沙声。

我听见他前年、去年的轻轻嗓音。
我看见窗外迅速变幻的天空。

不知何时办公室里暗了下来。
他也沉默了很久很久。

四周多么宁静。
窗外传来树叶的沙沙声。

1995 年

一　瞥

仿佛乡间的晨雾
远处淡紫色的
　　你肩胛上的光辉
因为太近——令人头晕的

香气弥漫:这暴露在世界暗处的
　　秘密一闪
它令人感激与此有关的
月夜、大街、菜市场的喧闹
以及所有生活中的烦恼。

1995年

变　化

光线改变了物体
犹如你改变了我
此刻，出现了阴影、曲线
而从前我并不知道

这些我的影子！我
　　运动的面孔
流星、草叶和石上的青苔
众多亲眷　系在
我身上的细线——
你的爱与它们相等
你明了这些——
我　世界的幸福与不幸
一颗砝码　与一架天平

1995 年

五　月

……亲爱的绿杨树，你来，
——还有你，躺倒的麦穗
请让我在你们身上
靠一会儿
从你们宽广的茎秆里
走出去——
阳光多么好，大地
　　多么慈祥
还有几只麻雀在麦场里
叫着——“古老的五月”
——它们会说拉丁语？

1995 年 5 月

旅 行

星星挂在山腰
仿佛从大山腹部钻出的
　　一只眼睛。
而机翼下的云海
为没有肉体的人存在。

旅途，穿行在万里雨中
为什么你的目光望着窗外
你的手贴在女人额头
连绵的群山　一个接一个的
隧洞　深夜里黝黑的丛林
湿淋淋草叶的沉重

你的手和目光
抚摸的是同一事物？
在它们之间你痛楚的幸福
那短暂、消逝、留在原地的
　　一列快车——

那温柔弯曲的女人的膝盖
　　在呼喊——
向前奔走。永不离开。

1995 年

在今天

在今天，我的亲人
我仍可以从田野里带一把红苋菜
送到你黄昏的怀中
仍可以在电灯下
用忧伤的细线缝好
　　你的纽扣——
我的心并不寒碜
我的诗句也不陈旧

在今天，我依旧会在路口等候
惦记着天阴了
给你送伞
我这双有着古老习惯的手
在洗衣盆中浸泡得
干净　新鲜

也许　有一天我会衰老
像一件用旧的农具

可你请不要把它扔掉
像对待一个外人　像今天
——今天，恋旧已是降价书里的
　　片断

1995 年 6 月

内心生活

我在想，有一种事物
与别的不同。
仿佛无花果。
仿佛一道耀眼闪电的前后
短暂的静默
那强烈的光芒，
像一盏灯亮着
被无尽的黑夜围绕。
如果快乐的风来了
它就会熄掉。
——是的，唯有痛苦
　　在静静燃烧
在它充满活力的内心
慢慢产生了丰年里的
果实，花朵。

1995 年

令人心颤的一阵风

令人心颤的一阵风
令人心颤的另一阵风
从村庄掠过。
为什么只有树叶和麻雀
　　只有我被风吹动？
像一束光
照亮了屋顶和瓦松
照亮了我？

据说每个人都有心灵
但是，风呵
由谁听见并复述出
你敞开秘密的恩赐的布道？

1995 年

关于躯体

赞美——然后再哭！

从什么时候　什么地方
我俯身向你　窗帘低垂
　　而我掩面落泪

……没有一首诗、没有
哪个屋顶能将你庇护
——你不是肉体的山谷
不是人们形容的
　　河流的脊背　积雪的肩头
不是有着烧焦诗句的腕肘——

我茫然无解　更
　　无从接受

沉默。无辜。你的脆弱
　　　完全暴露——

腰　淡青的血管　脚趾
膝盖　腿骨　温暖的胳膊
光阴的压榨下你孤立无助
　　——一座牢狱
　　语法中的黑洞

然而……大地分明进入其中
你有着谷物隐遁的道路
森林的阴影　阳光的遗迹
与草木共享的气息
在死亡工作的口令中
你有着话语的悲伤和甜蜜——

……喃喃赞美——
　　我向你的每一寸肌肤
　　　　悄声低泣——

1995 年

你　是

秋天。你说。
(你是秋天?)

听,杨树的沙沙声。
(你是杨树的沙沙声?)

坐在草地上。
(你是草地？或者草地是你?)

还有羊蹄甲花——
现在我看见你了,

和你带来的它们。
但你不是它们,
它们不是你。

杨树的沙沙声不是。
草地不是。还有
羊蹄甲花也不是。

1996 年

一件事情

关掉灯。
我　摸着桌子一角
在黑暗中

我要坦白
一件事情。交待
它的经过

——这个世界对我的失望。
现在它
扎在我的肉体里。
就在从前
它的信任　爱
留在我的肉体里。
请允许我说
让失望吐出它的血块——

在黑暗中

谢谢黑暗的倾听
谢谢深夜　我四周的
墙壁　桌椅和怜悯。
虽然你们沉默
你们无所不知——

1996 年

观　察

时光的轮船停靠在一棵草上
然后，向下一棵航行。
一口更小的钟在公鸡脑袋里
对夜的脚步保持警惕。
生物教科书中，一些
圣经的纸页在跑
　　另一些慢慢在动。

而一滴屋檐坠落的水珠上
有一双眼睛。
　　——滴答！

一秒钟逃出牢笼

1996 年

请和我谈谈幸福

请和我谈谈幸福。请坐在树下
透过枸桃黑黝黝的枝叶
星星在颤抖
孩子们的喧闹声低了
蛐蛐儿的弦歌更亮

请和我谈谈幸福。灶火旁
农妇的脸闪着柴草彤红的光芒
一绺灰发温顺地垂下
羊倌老汉的嘴在酒盅上
　　咂砸作响

请和我谈谈幸福，在天穹下
牲口们嚼着夜间的草料
你习惯于微笑的嘴角
——它藏起了多少事情
——默不作声

1997 年

拂　晓

……鸡叫。尔后
门吱呀地开了。

扁担勾碰在铁桶上
——叮当一声。

其余的还在沉睡——
柳树。泛着碱花的墙头。
黑幽幽的木格窗口。

什么时候来的呢？她们——
草叶上闪闪发亮的露珠
一只甲虫爬上高高的蒿顶。
在它鲜红的翅膀下
是灰雾蒙蒙的大地
未醒来的爱情那忧愁的梦。

——从远处地平线低低吹来
　　含着咸味的晨风

1997 年

歇　晌

午间。村庄慢慢沉入
　　明亮的深夜。

穿堂风掠过歇晌汉子的脊梁
躺在炕席上的母亲奶着孩子
芬芳的身体与大地平行。

知了叫着。驴子在槽头
甩动尾巴驱赶蚊蝇。

丝瓜架下，一群雏鸡卧在阴影里
间或骨碌着金色的眼珠。

这一切细小的响动——
——世界深沉的寂静。

1997 年

只有……

只有夜晚属于梦想。
只有寂静的林木
槽头反刍的牲口
只有正午蜜蜂嗡嗡的飞舞——

泉水的倾听。火中的凝眸。
只有一个人轻轻脚步的风暴。
粗糙的树干将别离掩入
　　怀中——

只有风鼓起窗幔……
只有稿纸静静的水底
沉睡着万物连绵的群山——

1997 年

正　午

正午的蓝色阳光下
竖起一片槐树小小的阴影

土路上，老牛低头踩着碎步
金黄的夏天从胯间钻入麦丛

小和慢，比快还快
比完整更完整——

蝶翅在苜蓿地中一闪
微风使群山猛烈地晃动

1997 年

立　秋

午后。四周变暗。
仿佛剧院里沉沉大幕前的灯光。
墙角溜来突然的一阵风
把行人吹进秋天的街头。

云彩拖着阴影
掠过推铁环少年的头顶。

再见，空荡荡的田野
　　耕完地的赶牛人。
永别了！青春——
灌木丛还在继续着你燃烧的眼神。
从你唇边流淌出蜜一样的歌声
在混浊的河水中渐渐平静。

秋天那灰蒙蒙的远方仿佛
　　寺庙的屋顶

在低垂的柳树间我瞥见
一个颤抖在往事中的幽灵。

1997 年

祈　祷

那一片森林，森林唇边的草地
那叶片细小的毛孔
发绿的想象力的肺叶
呼吸着生活　夜行马车的诗行
她飞翔，停留
合着四季的节奏
使河流的血液浸蓝黎明并
牵动一个村庄纤长炊烟的神经

在那里，一片丛林　草地
（呵，泥土星辰，花儿和露珠！）
孤零零每棵苦艾浓烈的气息
是将要死于心碎的人们

此时此刻的早晨——

1997 年

黄　昏

黄昏,我听到它秘密的窸窣。
——这里曾发生过什么?

一片年轻的树林走向夜晚
风拖长影子在枝干间滑过。
在它幽暗的深处
传来一棵草年迈的
　　叹息。

我轻轻停步——倾听
　　脚下的大地沉默无声。

1997 年

现　在

现在，我要说窗外的
白杨树——北方天空的大梁

我要说麦田深处的星星
荠菜花另一条银河的旋转

捶衣声中黄昏的幸福生活
作为保证，鹅卵石堆高了堤岸

你想起来了吗——老家的土墙
月亮和草木的摇晃

——榆树在打盹。槐花飘香。
我是风。是三十年前
一只卧在树上的猫头鹰。

你会看到我怎样把自己
　　慢慢埋葬……

1997 年

内营力

但在今天我的地质学作业中
那片清晨的乡野
那隐藏着玉米、秋虫祝福的田垄
我们曾坐过的草地
已经上升——
　　在这颗人类居住的星球上
比珠穆朗玛高出一个
　　爱情的
　　　　头顶。

1997 年

夏　日

在我黑色瞳孔的中心
阳光从七月的灯上燃出蓝色火苗
天空和大地，一个收紧的弯道
穿堂风使夏天猛烈燃烧
我看到水中　最低的地方
莲花笔直地升起火把
怀着黑暗灯芯的秘密
而一队红蚁将炭块从地洞
运到田垅

我看到着了火的一切
绿叶尖端的颤抖　苍白的面容
窗帘后出冷汗的手
我的眼睑从深夜带来一团青晕——

万物的爱情火灾蔓延到我的脚踝
却犹如一阵清凉的
　　微风——

1997 年

风

风从他身体里吹走一些东西。

木桥。草叶上露珠矿灯的夜晚
一只手臂　脸　以及眼眶中
蒲公英花蕊的森林。
吹走他身体里的峡谷。
一座空房子。和多年留在
墙壁上沉默的声音。

风吹走他的内脏　亲人的地平线。
风把他一点点掏空。
他变成沙粒　一堆粉末
　风使他永远活下去——

1998 年

病　中

——给孩子

宝贝，你来——靠近我
伸出你的小手，握住我冰凉的指头

你不再出门玩耍。你不说话
把糖果放进我苦涩的嘴里
把温柔盖上我绝望的眼睛。

“你是我的父亲，母亲”
孩子，诗人没有说错，
此刻，我的头无力地靠在你小小的前胸
你俯身，嘴唇紧贴着我哀伤的
乱蓬蓬额发。

啊，我的孩子
这一瞬间我忽然辨认出
你眼睛里
那曾养育过基督的光芒——

1998 年初稿，2006 年改定

其　他……

我选中了一条孤零零的
消失在玉米地深处的小路。
我选中一座隐藏在槐林和
　　杂木丛里的房屋，那里
一弯无声的渠水安静穿过。
树影　幽幽飘落的叶子
在水面上轻轻荡了一下
又沉入长长的睡乡。

我疑惑，它们都是什么？
一条路？一座房屋？还是
映照过奥菲丽雅脸庞的波光？

我要求全部。全部的。
这飘着轻尘的小径　久无人拜访的
看林人长满绿苔的房屋的墙角
以及死一样寂寞的渠水——全部的。
如此清晰　无边无际。

现在我坐下来:面对
　　疯狂繁殖的景色——
——金黄的飞蝶　几片槐叶
在纸上的乐园中修筑
　　它们最后的安眠——

1998 年

想

谢谢。——你是对的。
昼与夜。
沉默曾令人恐惧
如今却使我欢乐。
沉默——最好的
——我可以这么说吗?

寒风吹开门缝。我清点
每一件小事。巨大的债务。
是的。是的。我保持着
　　垂首的身姿——
倘若你愿意

夜雾将是清晨的露珠
　　在草叶的原野上
一颗淡绿的星

伴着一声不响的驴子
　　直到赞美一切的黎明

——倘若我没有猜错。

1998 年

关于风景

一列飞驰的山峰。一片奔跑起来的
槐树林。田野。田野
这一片风景被词语抬起
上升。而“水果”
高悬在半空中。

那不是真的。一个奇异的梦
在河流和草丛上飞翔
被我的墨水染绿——这
模糊的语言的唇齿却接触到
给予了我全部生活的大地上

一粒红浆果的滋味。

1998 年

发　现

——给我的孪生女儿

孩子在夜半醒来。
她只会爬，用一只小手
　　摸摸我的脸。
默默地她看着我，真乖。

我抱起她，为了
不惊醒另一个婴孩
——开门，走上阳台。

黑暗中，她睁大眼睛
久久望着一个方向
循着她惊奇的目光
我看到了伟大星空
　　一颗星的
　　　　微明——

1998 年

内与外

我暴露在烈日中。一个物质供桌的
刀叉下。烧灼，萎缩。
干枯成被称做普通人命运的
　　那种东西。

在繁华的秩序的都市中
人人扮着鬼脸，而我黯然伤神
尽管这样显得不合时宜而且
　　滑稽。

我寻找一片含水的树叶。一个词
背后竖起的小小荫凉。或者躲进
细细水流穿过的草地。几点
独自开放的大蓟花，有刺的
那种。紫色的。（噢，我的寻母梦，
漫长步行者的歇息处）

不能如一棵草那样生活。

也不能像一只鸟悬在空中。
依靠什么，在所有无依无靠的
事物里，我是我反对的事物的左手
一幅黑白版画　　矛盾之歌
昼与夜互相产生敌意的反自然
　　之作。

然而，我悲哀地想——
还有什么？（没有一切）
我所不知的　　还是什么？
在头发、嘴唇、眼眶以及
这首文字之茧的边界外

1999 年

自波德莱尔以来……

自然之物远了。在一场告别仪式中
不是动物和植物。
城市的广场有修剪过的绿地。
有整齐的街树。是的
人屈服于此。

没有什么进入我们的生活——
几颗星从遥远的夜空投来光
从一扇楼房的窗口望去
——已是过去式。

我们不再走出自己的手。
不再走出皮肤和眼睛。花香和
杂草丛,它们从未有过?

每一个定律都令我恐惧。但我感到它
——这是值得的。我活着

双手紧紧抓住谷子的

呼吸——在风中……

1999

卷三

（2000—2003）

纠　正

　　一群儿童中会有一群神藏身
但人们会说——这是童话
不是神学

　　有时一只红苹果的确是
别的什么东西,譬如:
阳光和风,老茧和水桶
一行字,甚至
深夜的叹息声
——钻入其中

　　而这古老韶光所笼罩的一切
在人们石化的一瞥里
改变了它们的面容
　　进入沉沉的阉人梦——

2000年

虚　无

虚无，最大的在之歌

从它而来的万物在欢唱——
冉冉升起的朝阳多么辉煌！

孩子们伸手就会摸到苹果
圆满彤红地挂在碧绿的树上。

还有爱情——嘴唇渴望着嘴唇
灰烬中闪着一点发烫的火光。

白发苍苍的老人渡过童年
在积木搭成的乐园旁。

是的，一切都将归于虚无
而在之美梦与它一样久长。

2000 年

梦

——做梦？　梦见
一个夜晚，搁在双膝上的手
消失在声音里的话语　亲吻
　　带着植物清甜的气息
——它们是梦？

但梦是：一张脸与大脑同时诞生
一张脸生育出脸旁的双肩
搭上肩头的手
不远处半暗的窗口
当智力在犹豫，在迷雾中

仿佛两面相爱的镜子
又有哪些做梦者不在梦中？

2000 年

你的山林

你的山林。　此刻
作为遗属，它是我的。
我的——灌木丛长睫下的阴影

泉水沿着青皮椴向天空喷涌。
悲愁的红晕染上杜鹃花簇。
“你不开口，但我仍能听到它。”
我平静地说。

风把峡谷拉长。
这瞬间的激流中我来不及
　　抓住你的手
——一阵夜雨骤然落下
马尾松颤抖着呜咽的肩膀

随后无边的沉默中
你把自己的脸

从这一切中

悄悄移走——

2001 年

惊

你睡着
做梦　奔跑
星星在天空而大海在涨潮
所有的只是一件事
你做梦　奔跑
也许这是真的
我注视着你微微颤动的睫毛

你的手告诉我我正在成为的东西：
女人。
不是花
也不是匿名的诗篇
——这也是真的？
当你帮助一个女人分娩自己
我从前居然不知道
她从未出生
如此漫长地等待你今夜的口令——

2001 年

看，就是触摸

看，就是触摸。
手指下造物的一颗心脏的跳动
就是嘴唇从泥土中显现
然后说——

就是增殖的一片国土漫出瞳孔
又朝向它自己围拢。
就是爱向爱本身致意
比它更大
　　更广阔——

这些我知道。

然而我什么都不知道——亲爱的
当我再也看不到
　　一个宇宙存在于其中的
　　　　你的眼睛

2001 年

危　险

很可能，我是你所期望的——
一株最绿的草，非修辞的美丽
你梦中弯弯吹着的风
我是你手指的模样　额头的明亮
你早晨的气息　　眼神
温和地含着忧伤

但这里埋伏着——
心跳停顿的空白　呻吟
失望　秋天那颗粒无收的谷仓
我是你变凉的指尖　一个零
——没有余数　也没有“没有”

我不是我的宾语，一个可疑的人
我是你，亲爱的——
你的干旱　暴雨
你的世亲与宿敌

2001 年

你　说

你说要走——好吧，
这就是说:你已不在。

那么,我是谁?
时光是什么?
一棵树是什么?

山为何隆起?溪水为何流淌?
我所有的生活和对它的信念
　　是什么?

——我是谁?

2001 年初稿,2004 年改定

母 亲

一个和无数个。
但在偶然的奇迹中变成我。

婴儿吮吸着乳汁。
我的唇尝过花楸树金黄的蜂蜜
伏牛山流淌的清泉。
很久以前

我躺在麦垛的怀中
爱情——从永生的荠菜花到
　　一盏萤火虫的灯。

而女儿开始蹒跚学步
试着弯腰捡起大地第一封
落叶的情书。

一个和无数个。
——请继续弹奏——

2001 年

生　活

激情揪住了我的衣领
——晕眩！　我被腾空抛在词语那
香喷喷发酵的草垛中

那一切是多么不同！

即使今天，我已衰老
凑向记忆的微光细心缝缀
　　每一截诗句
直到它们变得沉重——
安静——因为亲吻而在唇上
　　沉默的歌声

2001 年

给孩子

孩子光明的脸
在沉睡中
并不依赖阳光
她干净的身体奔跑
发出溪水般清澈的笑声
我们看着　像惊奇于非尘世的事物
我们太多黑暗的眼睛
无法看到孩子的秘密
太多的哭泣　石头般的身体
——我怎么是她的母亲？

让我们的苦难继续做梦吧
——我远远地爱她
悲伤　　欣慰
为孩子　　也为自己

2001 年

遗　失

一个人遗失在信中。书中。
遗失在手离开后的灰尘里
以及椅子　灯光后
被用过的感情的轭具
以及列车呼啸而过的阴影——

他有着树叶和云彩的形状
在他的脚印里
有着积水映出的四季的形状

有时，某人会带着他　在
沉重发炎的膝关节里——
走向郊外　旧铁轨旁
在一丛被压倒的野蒿上
与另一个他相遇——

一个人遗失在被他遗失的
　　一切事物中。

2001 年

你不在这里……

你不在这里。你将替代我的躯体
一个温暖的鸽窝
在激动又寂寞的皮肤下翻滚
你不在这首诗中。
一笔一画过于寒冷
你会答应，当我的胸腹和嘴唇轻轻恳求

你会记得她们的嗓音——
　　你可爱的名字
四周的星空曾围拢过来
俯身看到她们湿漉漉的诞生

此刻我就坐在这里　　从你的眼睛里
我呈现　发育
与万物一道起伏呼吸
这是世界的而不是文字的理由：

我愿和你赤裸地睡在一起
就是这个——
我要这个——

2001 年

写　作

他在鸡毛蒜皮的小事上摸着生活的胸脯
他的手在洗菜盆中触到梦想的头
他的字背叛他日常的面容
为了保住贞操，守住秘密
他放弃经验的照相术

在那纸页的镜中迷宫
书写的笔就是一块橡皮
把它映出的形象一点点擦去
一条隐秘的暗道
他消失其中
尽头却涌出世界的鸟群

——漫天的飞舞

2001 年

影　子

一座深秋的树林里
我和一棵树向前奔走
和整座树林　　低矮的灌木丛
一条从容弯曲的水沟
我和厚厚的树叶迅速移动
拖着长长的影子——

不能想象没有阴影的事物
一座房屋有它背阴处灰色的
面孔。　一张纸有薄而光滑的
脊骨。字，它的影子
　　——相反的词。
在令人放心的阴影处

有存在　那最安全的保证
是肉眼可见的世界的完整
　　——既不在全然的黑暗
　　也不在全然的可怖的光中——

2001 年

一穗谷

每种事物里都有一眼深井。

一穗谷，你的井竖在半空中。

它幽暗，使四周的光
　　围拢。（那里，一个宇宙
鱼群在水底穿梭　而鸟儿
　　落在枝头）

你的叶柄下有一口泉水
在星辰和星辰间走动。

而你包裹漫漫长夜的果实
　　在光辉中成熟。

——我朝下倾听，一穗谷
泥土深处整座森林的
　　风声——

2002年

我是别的事物

我是我的花朵的果实。
我是我的春夏后的霜雪。
我是衰老的妇人和她昔日青春
　　全部的美丽。

我是别的事物

我是我曾读过的书
靠过的墙壁　笔和梳子。
是母亲的乳房和婴儿的小嘴
是一场风暴后腐烂的树叶
——黑色的泥土

1998 年初稿,2001 年改定

壁　虎

它并不相信谁。
也不比别的东西更坏。

当危险来临
它断掉身体的一部分。

它惊奇于没有疼痛的
遗忘——人类那又一次
新长出的尾巴。

2002 年 6 月

致 敬——

致敬！——你的东郊，雾蒙蒙的早晨
如你可爱地说出的山坡野花……
仿佛为了让它们隐遁：在我到来之后。

当你把我的目光带到黎明
万物将依从它的温情造出自己的模样。
我退回，相信梦幻尽管
　　现在还不是：
幸福　痛苦——我遇到过
当你指给我看那些草叶的芬芳。

这只是你低声说过的。
我知道。而且这幅美景就在刚才
还覆盖着我眼睑的星空——

2002 年

即景诗

……记下月份。阴天
湿漉漉的霓虹灯。——来吧。

你说。广场上没有人，像是
旷野。这里的紫云英刚刚开花

死亡城市的胭脂。路边有人在卖口罩
自行车后座上是遏制瘟疫的草药。

出租车司机脸色阴沉，计程表
停止了跳动。这依旧是可怕的四月

电话听筒里驶出一列火车，带着
生命所必需的：我在这里，跟你在一起。

村庄埋下了道德的栅栏。纪念碑
在会议桌上矗立。棺柩悄悄运进了城。

手指绝望地敲打着键盘，白天的悲哀
流向每一条街道。一个咯咯笑着的

小姑娘更像一阵风刮过这座都市
犹如生命顽皮地追逐着永恒。

2002 年

盲人之爱

我从来不曾吻过你
我凄楚的手指从未留下
轻触于你脸颊的记忆

我只记得你温存的嗓音
在深夜，我与你相隔遥遥千里

我冰凉的嘴唇吻过别的人，亲爱的
它从来不曾吻过你……

2002 年

一切的理由

我的唇最终要从人的关系那早年的
　　蜂巢深处被喂到一滴蜜。

不会是从花朵。
也不会是星空。

假如它们不像我的亲人
它们也不会像我。

2002 年

睡梦，睡梦……

我松开的手把你握紧
关上门以便你的穿越。

我身体里的寂静
你早已得到。

我恐惧……在彼此的凝视里
变形　　缩小。

2002 年

短　句

已经晚了。在我
迷路之前。

我喜欢这个——
疯狂。这最安静的。

可以拖着你所经历的来爱我但恐惧于
　　用它认识我。

我将是你获得世界的一种方式：
每样事物都不同因而是
　　同一种。

2002 年

一般定律

紧张在清晨的一个懒腰中。
在拖鞋、吃饭和聊天的
粉红战壕里。

其余的是疯狂。

你所知道最紧张的
已经松弛了。

2002 年

无　题

我不爱外衣而爱肉体。
或者:我爱灵魂的棉布肩窝。
宁静于心脏突突的跳动。

二者我都要:光芒和火焰。
我的爱既温顺又傲慢。

但在这里:言词逃遁了,沿着
外衣和肉体。

2002 年

现　在

我写字的手　搁在地板上的脚
离阳台一步远。
我是说:现在。已是秋天。

我给你写信。我说:现在。

这现在我从没有得到。
亲爱的,从没有。

2002 年

秘密情郎

没有地址的地方
我找你——

一行字。以波的无声传递
送至我体内的你的声音。

你有无数冰冷的身体。
火焰里的双唇。

我活着。老去。
你从未诞生——永不死亡。

2002 年

听——

　　听把倾听的人攫走——
它柔软有力的爪上长着无穷的舌头

　　林涛　　雪沙沙打在窗户上
乐曲与声音的圣经：静——

　　听在每一声欢笑和呻吟那
有伤心之爱的呼救中——

2002 年

爱我吧……

——爱我吧，亲爱的
想起我吧
慢慢地，在你与命运的遭遇处
你被每天的死亡抱紧的时候

……我从未离开过你！

——这是件幸福的事情：
更加爱我吧，喊出我的名字
想起我的声音以及
　　使生活成为今天的一切
直到微笑在脸上刮起风——

——这幸福的沙粒使你
　　泪眼模糊……

2002 年

婚　姻

并不是人们说的那样，爱情
需要一个安顿的地方。假如没有它
——在指尖上狂跳的心脏——
爱所能在一个人心中唤起的爱情的
　　意外——它一直在奔跑

此后，持续一个奇迹：那最平庸的。
但还是爱——男人和女人。
它在失去中得到。
　　并在失去中维持：

——两张变得相像的脸。

2002 年

恳　求

……请对我说:你还记得吗?
请再说一遍:——你记得吗?

我听着,听着你
——是的。是的!

我就是这样来的。作为一个人。

还有——你也是。以及
　你们。我们。

2002 年

山楂树

最美的是花。粉红色。
但如果没有低垂的叶簇

它隐藏在荫凉的影子深处
一道暮色里的山谷；

如果没有树枝，浅褐的皮肤
像渴望抓紧泥土；

没有风在它少年碧绿的冲动中
被月光的磁铁吸引；

没有走到树下突然停住的人
他们燃烧在一起的嘴唇——！

2003 年

玫　瑰

她是礼服。离开植物学或
修辞学的戏台后
也是。

洗碗布旁过于洁白的封面。

即便没有别的鲜花,她们
仍然是女王。

每一个都是。

被卑微加冕。

2003 年

百　合

她昏了过去。

香气托起柔软的腰
慢慢把她放倒在沉醉里。

一群迷惘的蜜蜂
将它们做梦的刺
伸进花萼温柔的弯曲中。

2003 年

一棵香樟，或者……

一棵香樟？或者，落叶的椿树？
他的脸，在融化的白霜后慢慢露出

哦，我们刚从童年起身，沾着露珠
凌乱的衣领在阳光下敞开

那是春季的第一天。群山耸动着脊背
搬运永恒所需要的瞬间

一颗心脏留在他身体里。在睡梦中醒着
就像河流被野鸭的翅膀带向天空

就像深夜村庄狗吠的宁静，苦难洗净
满天的星宿。——“世界是平常的”

他最美的脸，无底的漩涡。
我的胸腹贴近了火。带着纸和墨水

我为一位诗人写诗。把世界推进他的双肩
大地在他脚踝上开始移动

紫叶李和石楠微微摇晃在风中
我的头还靠在他胸前。走在岸旁的小径

用接吻的嘴唇迎接晨风。用不可能
确定。是的，我喊出他的名字——

2003 年

根与芽

草　根

有一种美妙的达成甚至
不需要公开谈论。

有一天，当我注视着一棵大蓟的根
仿佛那无秩序的柔弱和茎梗里有着
建造一个天国花园所需要的
　　一切可能。

叶　芽

为什么不说到你呢？

——我赞美你。让我赞美你
就像赞美神灵。
你的到来轰鸣着最轻柔的力量

然后，坚冰融化。

其中的奇迹也可解释为每样事物中
无一例外蕴含着无边的宇宙。

2003 年春

寄生菌

废弃的矿山，积水的深坑。
你胸口早已熄灭的炉火。

它居然有过熊熊燃烧的时光
当我们还不懂得寒冷？

我解开衣扣，让太阳晾晒
这潮湿发霉的柴堆——

它原为一双手的烈焰准备，但现在
却可笑地生出了木耳。

2003 年

几粒沙子

1

人们不会询问泪水。他们倾向于带来
平面的事物。在那上面有着被黑布覆盖着的
鹅卵石面包。

不幸不属于大众。那最个人的
仍然是一个吻在离开它热爱的花朵时
滴下血，增添了世界的鲜艳。

2

武器。矿难。欣欣向荣的房地产。
各占据一块版面。

其中的炸弹碎片里逃出一只活鸟

在和平国度的窗外击中一个诗人的昏迷

它的深洞,它眼睛里的黑。

3

有时候我忽然不懂我的馒头
我的米和书架上的灰尘。

我跪下。我的自大弯曲。

4

树叶飘落。豆子被收割。
泥土在拖拉机的犁头后面醒来。

它们放出河流和风在新的旷野上。

5

我们自身的脚镣成就我们的自由
借助时间那痛楚的铁锤。

6

所有掷向他人的石块都落到我们自己的头顶。

干渴的人，我的杯子是你的
你更早地赐予我有源头的水。

7

幸福的筛子不漏下一颗微尘。
不漏下叹息、星光、厨房的炊烟
也不漏下邻居的争吵、废纸、无用的茫然。

除了一个又一个
清晨。黄昏。

2003 年

未完成的途中

……午夜。一行字呼啸着
冲出黑暗的隧道。幽蓝的信号灯
闪过。一列拖着脐带的火车
穿越桥梁，枕木下
我凹陷的前胸不断震颤。它紧抵
俯身降落的天空，碾平，伸展
——你知道，我

总是这样，摇晃着
在深夜起身，喝口水
坐下。信。电话线中嗡嗡的雪原。躺在
键盘上被自己的双手运走。翻山越岭
从水杉的尖顶上沉沉扫过，枝条
划破饥渴的脸。或者，贴着地面
冰碴儿挂上眉毛，你知道，有时

我走在纬四路的楝树下，提着青菜
推门，仿佛看到你的背影，孩子们快乐尖叫

冲过来抱着我的腿。雨从玻璃上滴落。
屋子晃动起来，轮子无声地滑行
拖着傍晚的炊烟。那时，市声压低了

楼下的钉鞋匠，取出含在嘴里的钉子
抡起铁锤，狠狠地楔进生活的鞋底，毫不
犹豫。这些拾荒的人
拉着破烂的架子车，藏起捡到的分币
粗大的骨节从未被摧毁。你知道，端午时节

蒿草浓烈的香气中，我们停靠的地方
布谷鸟从深夜一直叫到天亮，在远处的林子里
躲在树荫下面。你睫毛长长的眼睛
闭着。手边是放凉的水杯和灰烬的余烟。站在
窗前，
我想：我爱这个世界。在那
裂开的缝隙里，我有过机会。
它缓缓驶来，拐了弯……

我总是这样。盯着荧屏，长久地
一行字跳出黑暗。黝黝的田野。矿灯飞快地向后
丘陵。水塘。夜晚从我的四肢碾过。
凄凉。单调。永不绝望

你知道,此时我低垂的额头亮起
一颗星:端着米钵。摇动铁轮的手臂
被活塞催起——火苗窜上来。一扇窗口
飘着晾晒的婴儿尿布,慢慢升高了……

2003 年

诗 篇

1

我愿为爱而死，爱却让我活得长久；

2

给我悔恨。给我痛哭。
给一朵百合花黎明时爱情的颤抖。
给我长久的绝望和最终
落在餐桌旁黄昏的宁静。

3

我不知道到底爱上谁更早：
土炕，木窗外北方的大熊星，
夏夜有露水的石凳，和

你微笑的眼睛——它们
刚刚哭过。

4

但请相信，由你我爱上了陌生人。
修自行车的。种菜的。

5

我把你冰凉的脚抱在怀中，当它走过
我身体的道路；

6

大地睡去。你是我沉沉的呼吸。

你的肩胛里保存了一座不会毁灭的城市。
神啊，让我关掉灯吧！

7

在一场旋风的被单里躺下，山谷

你双腿深处的风暴呼啸着
穿越城镇的楼群。
黑夜列车驰过时铁轨的震颤。
半月在我凹陷的双乳间
你俊美而疲惫的头埋下来；

8

你嘴唇上的火。
你小腹中燃烧着静静的灯。

9

你进入我。不断地
像干渴挖掘自身的泉水。
勇敢。光荣。
以孤独的献身穿越一个女人，加入
草木、黎明、溪水以及
万物江河的奔涌。

10

我抱紧真理，忍不住快乐尖叫

——被神对幸福的理解所允许。

11

这是晚点的车站在追赶灵魂的列车；
是个人神话的复活来自
一个信仰同土地的结合。而
你是一个星球；

12

我胸口的首都。

我爱它。

街道。村庄。贫困的放牛人。争吵。
廉价的装饰。牢骚。冲突。每天的
炊烟。石磨里的耐心。夜晚。白天。
突然涌出的热泪。

13

你，我的麦穗。我的田亩。

一个宇宙在你血管的茫茫深处。
哦，海浪！让我的世界
呼吸，靠近有风的瓶口；
我攥紧你的手，在慢慢死去的星球那
　　无知无觉的变凉中；

14

只有受苦的爱那泪水的光芒
是热的

2003 年

我说不出道理

我说不出道理,我的诗句误入
一片丛林。野草和藤蔓,一只苇鸽
带来了茫茫湖水的暮岚。我没有
道理。我的指尖碰到每个个人所在的
全部世界。我肩膀的蚕茧里
抖颤出双翅,她闯进一团
生活那炒菜的香味中。油烟,洗净的衣衫
还有秋天令人惆怅的凉风;醒来时
变得模糊的梦境,在窗帘下微微拂动。
多少年后,你没有远离。我知道,你仍在那里。
一本合上的书,汽车驶过后的安静。
我没有道理。躺在天空下,脸颊旁盛开
细碎的野花;挂满了山楂果的
青色呼吸,大地由此进入我的心脏。河水从
发丝间默默流淌。
哦,你的手指是那么温柔
带着生活的洪流吹开我的衣领:风啊
抬起沉重的身体使她轻盈地飞翔!

这不是白昼。我知道。我没有道理。但
我有夜，一艘船静静驶出我的胸膛。划动
它湿漉漉的桨，撩起水草。露珠滚过乳房
我有过一个早晨的蔚蓝，楼下的树木还在忧伤
你触摸过的那一棵突然刮起风。月亮落了
我可曾给你做饭，给孩子讲故事？
尘土落在我的肩上。
它带着我走，匆匆地，一列火车飞逝
再见，我的心上人！再见，每一天
在我嘴唇上的时光的枯萎。很快我的少年
很快我的新郎和父亲，在我怀中的婴儿
用我从不挪动的目光造你的脸。你的
有了白发和皱纹的脸，一片落了霜雪的
旷野。我没有道理。我有阳光和一辆
慢腾腾的牛车，拖着城市的广场；穿过
村庄的老槐树，我整个身体的道路，一个圆
无穷扩展的涟漪，你像一滴水珠冲进汪洋。
必定有高于我们的生命安置这一切，看——
树叶飘零，种子发芽，星辰转动
我写下它们的笔在啜泣，涨满感恩的
泪水。世界不是别的，我的心，沉默的人
电脑的嗡嗡声。暗淡的灯光。半杯水
还在桌上。停在郊外的锈蚀的车辆。油漆

剥落的门窗。梦想的轮子仍留在青春的
轨道上。生活就游荡在一把磨损的椅子中,在
泥泞的小道通往暮色深处的凄凉里。一行诗
悄悄
分蘖,瞬间绽满苞芽,仿佛在这一页发黄的田垄
开始了它每一次的春耕。真好。我说真好。我说它
就像我喊母亲,我张开手臂唤我的女儿
姥姥在缝衣裳,高大的父亲
走进我五岁的天堂。真好。
我没有道理。我误入时光的废墟就像跨入宫殿
看它残垣的藤蔓迎着太阳生长。深夜,这座星球
多么孤单。人群多么热闹而人是多么孤单,
他们居然能够交谈!
真好。我说出它就像婴儿嘴里仍含着
母亲的乳头。撩起衣襟,抚摸隆起的肚腹
是的,必死的肉体,还有眼泪,一个人微不足道的
痛苦……但,真好。我没有道理。说出这句话
就象我献出颤抖的初吻。我,三十六岁,一个
女人
上班,买菜,风带着我飞得更远
我想弯下腰为你擦去鞋上的灰尘,带起一团轻微
的漩涡:
——就是这个,爱。把嘈杂的生活

深深卷入它安静的水底。幸福。
我感到自己的呼吸，用粗糙的手握紧它
加上死亡：比所有的“值得”
——更多。

2003 年

悲　哀

不要朝我微笑吧：
我所有被称之为美德的东西都源于
　　它曾经触及过罪恶。

2003 年

卷四

(2004—2006)

沙漠中的四种植物

红　柳

她跟我说着河流。地下滚滚的泉水。

而砂砾和碎石埋着她的沉默。
从那里她柔弱的头颅开出粉红色湿润的花来。

沙枣树

风修剪着灰绿的叶子。阳光把最明亮的颜色给她。
　　白昼的荣耀。

她不统治。也不羡慕。
她是她自己毋须梦想的样子。
大地痛苦挤榨出的甜涩果实。

骆驼刺

沙漠造成真理的铅灰色
为了被她最小的勇气刺破。

退回沉默中的教养。在
旷日持久的干旱和疾风中她有着
对自身不公平命运的无言顺从。

仿佛在完美的幸福中。

梭梭柴

抓起大地。直至
把沙砾下的海提到半空中。
她倾泻，浇灌荒凉的风景以及

旅人过于容易干枯的眼睛
——带着折断绝望的力量。

2004 年 10 月

成年人的信心

孩子们在堆沙堡
小小的村庄，火柴盒大的院子
一支柳条上弯曲的路
黑石子是蚂蚁，白石子是大象。
一朵雏菊是远方的船长。

我也曾堆过自己的沙堡
它不停地倒塌，并且
我没有蚂蚁，没有大象
也没有一朵雏菊小小的光芒。

我只有沙子……沙子

已经足够了。

2004 年

矿　工

一切过于耀眼的，都源于黑暗。

井口边你羞涩的笑洁净、克制
你礼貌，手躲开我从都市带来的寒冷。

藏满煤屑的指甲，额头上的灰尘
你的黑减弱了黑的幽暗；

作为剩余，你却发出真正的光芒
在命运升降不停的罐笼和潮湿的掌子面

钢索嗡嗡地绷紧了。我猜测
你匍匐的身体像地下水正流过黑暗的河床……

此时，是我悲哀于从没有扑进你的视线
在词语的废墟和熄灭矿灯的纸页间，是我

既没有触碰到麦穗的绿色火焰
也无法把一座矸石山安置在沉沉笔尖。

2004 年春,河南鹤壁煤矿

纪念马长风①

……从列车的摇晃中醒来。酷热
汗味和昏黄的信号灯
运送着车厢里的人，在通往
死亡的路途中。没有人想到这一点。

起身，在车厢的连接处
手指间的火光忽明忽暗，一个老人
坐在黑暗里，默不作声。
铁轮隆隆碾过长江大桥
波浪在他脸上闪闪掠过——

被一个故事讲述？他
老右派，倒霉的一生
可曾有人爱过他？当他年轻的时候
走过田埂，头发被风吹起来了
漂亮的黑浪翻滚，和我们的一样

---

① 马长风，河南叶县人，上世纪40年代开始写诗，50年代初被打成“胡风集团”反革命分子，2004年去世。

但拳头和皮带像一场风暴
把他覆盖。雪停了,四周多么安静
压住肋骨断裂处的呻吟。
“他们用脚踩我的脸。”他平静地说。
我没有看到仇恨。在黑暗中
他似乎忘了这一切。凄凉的笑
从脱落了牙齿的豁口温柔溢出

现在,那趟列车终于赶上了我
十五岁,工厂女工
和三位厄运的客人一起
赶赴记忆的宴席。
杨稼生,张黑吞
我面前的座位已经空了……

他喜欢抽烟,很凶
直到命运把他燃烧成一撮灰烬。
——“您能不能少抽点?”

衣服从手里掉到地板上
我对着嘀嗒的水龙头喃喃说……

2004 年 8 月

新疆组诗

天　山

覆过霜的白桦林变成了金子
从天山南到天山北。黑松树被风吹起波涛。
林间耕作的阳光在我胸口
　　种下一棵树。

九月的火绒草，你何时再把我点燃？
何时用你落叶的急雨
冲出我干涸心中的泉水？

星辰日夜奔走。
云在天空写一首没有句号的诗。
多年后，有人会从那棵树上跳下
背起整座天池
赶到茫茫沙漠把我救出。

新疆，给那走近你的人……

新疆，给那走近你的人片刻牧场的安宁
给他以白桦林金色的桌子和
　　引向星辰的灯

他被热瓦甫忧愁的甜蜜吸引犹如
　　满月时大海的激动

给他以阳光透过葡萄藤凉荫的照耀以歇息
他的疲倦。请为他记下哈萨克民歌中燃烧的
地名

你的雪山使他身后故乡的河水暴涨
美丽的艾德莱丝裙旋转出汉族姑娘芬芳的腰肢

你的陌生归还给他
那对熟识事物曾被抛弃了的热爱——

对我来说你漫溢出自己的形体……

对我来说你漫溢出自己的形体在更宽广的世

界中

祁连山的雪峰跟随车轮直到戈壁沙漠
那里强劲的风拥抱我并使我触碰到
　　忧伤那能够使人活下去的温柔抚摸

喀纳斯湖畔的某个黑夜我坐起身
　　久久沉默。
想到我一连三天梦见了你
在木卡姆琴声裂开的泉水中
在金色阿勒泰和天山摇晃的阴影里

就这样我们坐在一起。

哦，那低垂的星星
那燃到深蓝黎明的火！

阿瓦尔古丽

冬不拉琴弦上的露珠。一道花朵的闪电。

毡房从歌声的谷底慢慢升起
怎样的炊烟缭绕在记忆的山岗上？

灰色小兔跳跃在戈壁的荒凉深处
星星落在马蹄踏碎的碱水泡子里

阿瓦尔古丽！整个天山显得美丽只是因为
一个男人在对你忠诚爱情的劳作中
建成了被称之为生活的无边牧场……

维族女孩的名字

尊敬的毛拉，请给我的女儿起个吉祥的名字。

“热依罕”——紫罗兰；
“古丽苏如合”——玫瑰花；
或者“玛依莎”——那是青青的禾苗。

我更喜欢“阿伊”——美丽的月亮，
就像这小姑娘的脸庞；
可是如果要知道人活着的奥妙
没有比“阿依仙”更好的了：

——“幸福生活。忍耐的。”

麻　扎[1]

这是谁居住的房屋？座落在尘世的宫殿
一条路终点的开始。有着
清真寺蓝色圆顶上的弯月
在白天也闪耀的一座城。

它向天空说出一切事物的价值：
砍土镘，盐，树上累累的巴旦杏
孩子头顶的花帽和深陷在阴影里的
维族老人的眼睛。
它是喧闹的巴扎[2]身后的一面明镜

只是更安静。更空旷。
沉默的羊群会来这里寻找最绿的草
它们的柔软从来不会
　　在石头的心灵上长成。

---

① 麻扎，维吾尔语，穆斯林的坟墓。
② 巴扎，维吾尔语，集市。

在大巴扎

拐过街角，一脚陷进鼓乐齐鸣的沼泽
水果和烤肉，焦黄的香馕
异族语调的叫嚷蜂拥在阿迪力商场
二道桥从行人头顶轧过
夕阳照在大巴扎圆顶的寂寞上
警车气势汹汹鸣着喇叭——

巴郎子，我好像也在走危险的达瓦孜
在这噪杂的深渊
我慌乱的手掌只来得及抓紧你的衣袖：

在它一寸大的宁静里，巴郎子
我得到过一个完整的黄昏。

2004 年

花　神（组诗）

拉迪芳斯

　　那花神
没有发髻。小腿上缠着海草
我的花神，走过塞纳河，鬓角浸在水波里
他肩膀中的木麻黄，瑟瑟作响
他衣扣下的心脏

有清凉的泉水，在中国的南方
骄傲远走天涯，他携带一口深井
在胸口晃荡，溅出眼眶
巴黎的河水中浮起故乡屋顶的瓦楞

我的花神，他朝后走
裤脚趟开新区的街道，梧桐叶返回树枝
拉迪芳斯，雨在下。

木椅后就是肖邦的一个下午。越过茶杯的缺口
能看见村头墙上崩了刃的犁头。那些乡下芒果
在咖啡的香气中慢慢变苦。

都是她带来的。越过新凯旋门
一个女人走得缓慢、悲伤
从他要去的地方赶到
铃兰花在胸前抖颤。凋谢了就不会再凋谢
她的白。她的离开
　　已经留下。

　　　　我的花神
他投来红的一朵在黑暗中是多么的
　　　　　轻。

地　铁

“车厢上的黄色标志。去依夫黑。
别忘了。”他们的身体轻晃。

他们轻晃。在山洞滑行。
手风琴响起来。海平面下涌起一排波浪。

路过意大利广场。额骨后的沟形小径。
我辨认着找回你的路牌。

但我不去依夫黑。擦过布罗涅树林
穿越皮特岛上空，我认得路。

黄色标志。汉语的你的名字。
我在没有尽头的隧道里摇晃。

站台早已长满荒草。深夜，锈蚀的地铁呼啸着
——冲出我黑暗的胸房。

莎特莱广场

不远处是圣雅各塔①。黑的，朝天空又伸展几米。
喷泉池的水躺着。沿她脚背升起：
"你还记得我吗？"在巴黎的背面
同样的电影在放映。那不是个名字。

一次散文遭遇诗歌的问候。她说话
圣厄斯塔什教堂的古老就开始挪动

---

① 法国诗人艾吕雅曾经为这座塔写过一首诗。

钟声推开密簇的叶子
她的脸向四周生长。照亮风暴，鸟一样
撞进了台灯压低的光芒。一株罗望子
在手臂上摇晃。侧身面对幽暗的
左前方，她不动，奔向站立的人体池塘

不用词语，她仍然能进来，跨过
皮肤，撩起吹拂的额发
她的大军从帐篷外就能看到：
星空的马群。爱情那广袤的领地。

里沃利大街紧跟其后。这个异乡人
巴黎的遁世者，眉毛下有歌剧院的篝火
美术馆画框里的炊烟飘过大陆架；犁过的
稻田有汗味的芳香。攀上一棵瓦松
她被带到另一个村庄的尖顶上。也是黑的。
圣雅格塔旁，她比秋天的遗产稍高。
在艾吕雅的诗行里
她的崭新比旧还要旧些：

——“你还记得我吗？”

大天使

的确，塞纳河在你身边走着。
的确，一阵风把你的帽子吹到
遥远的华北村落。残阳。
那里的石灰窑已熄灭它的烈火。
河水落下，露出鹅卵石的光滑
静静的，晌午的牲口打着响鼻——

但你并未在与世界的接触中遇到过它们：

大天使。他的翅膀是人的
趋向于隐匿。当它伸展
仿佛星光带来黑夜。你寄生在
可触摸之物的青苔上，多么短暂
呵，“是你吗？”他说

在莎特莱广场，如一道光闪过
平静地，他与夜空交换翅膀
带着他内流河无声的流淌。并不遥远
临街钟楼的半截梯子微微一晃
撤回云端。沙漏突然停了——

大地在飞，丑陋的疤痕
被他的双翼抬起。这悲伤的颠覆者
垂下他的眼睑。残垣、纸屑
未画上句号的断章及一滴泪水
正是这细碎的缺失使他完整，衬托出
巴黎街道的空无。啊，大天使

他以阳光遮脸，以灯火后的阴影
以发黄的沉沉书页。他消失在明晰中
因此古老的树林出现。他沉默
而低空中金色的警报骤然被拉响——

圣婴泉

脸浸在晨风的清凉中。做简单的早餐。
西柚里的甜和苦。覆盆子是红的。
赤脚，带着海滩洁白的沙，她走过蒺藜
　　深处的疼。
水的伤口被水缝上。

——关于它的来历？
拐角的咖啡馆落进一声叹息的幽暗。

雕塑在暮色里慢慢抬起头。她的
声音，一条小溪从石头中裂开
冲皱了纸上的巴黎。

沉默是加倍的。
“再也没有纯洁的人了。”

不。这不可能。她的森林穹顶
教堂撑起了肋骨。女人低垂的头。
水是平静的。那里的烛光
在痛苦中淬过火。

也是泉。十一月，银莲花在
花园中吐着青色，沿阶梯往下
就是孩子攀上天窗的十字架。潮湿的木纹
插进泥土和地下河。她留下脚印
波一样，从圣德尼①大道的橱窗和
一束月光之间笔直地
　　穿过。

---

① 圣德尼大道，巴黎的一个红灯区。

玛丽桥①

先是图尔内勒滨河路,两排绿房子②
小的,盛得下布勒东们的争吵。
如今他们安静了。一把旧锁合上暮色。

往西,杨树光着身子站在风中
眺望斯德岛,“我们的女士”③
是的,还有楼房窗台上的绣球花
伸长脖子张望,河水的那边
撩起黑暗的裙裾制造着夜
为了让梦通过

而桥是用来朝下看的。栏杆漆成墨绿
伸手勒住她们温暖的腰。一截灿烂
被用来装饰玻璃画。透明
沉重。收集风中滚动的钟声

---

① 玛丽桥是越过塞纳河通往圣母院最近的桥。

② 塞纳河畔有很多出售旧书的摊点,书就放在一排排绿色的箱子里。

③ 圣母院的法语原意即“我们的女士”。

它通往圣母院(啊，那下面的流水！)。
她们——
通往擦伤自身的光明。

2004 年

从你——我祝福自己

从你——我祝福自己。
用沉默的伤口。用树林和庄稼地。
用玫瑰和百合
　　其中必须的一种。

我看见你低垂的头
一片白发的梦魇停泊。
我祝福它的哀伤
发光宛如泪水。

我认出那幸存的纯洁。
你。我爱你。
我从未曾经爱过你。

时间迎接我。

2004 年

啊，向日葵……

啊，向日葵，你使太阳诞生
你金色的脸映出了恒星的面孔！

纤弱，短命
你推着天体滚动；

你矮小，执拗
你有信仰却没有舌头。

你用比人高的头颅生活
你光芒的话语运送着黑夜、白昼和

整个天空。

2004 年

她看见了……

她看见了密集的星，整个天空的金色蜜蜂
遥远，涌动。无边无际。

在那群星后是深深的苍穹

站在高山之巅，孤单
透明而清凉，大地隆起把她推到峰顶

风不息地吹拂，四周突然变得美丽、寂静——
在一场痛哭之后

在老康德倏忽消失的身影之后。

2004 年

恐　惧

恐惧！……玫瑰茎上的小刺
你的手还在犹疑。
那足以拎起你衣领的激情
使你悬空。楼顶飞快旋转

玫瑰有优雅的楼梯。芬芳的门
通向深渊。……你
伸出的胳膊比身体长

紧紧抓住生活的栏杆。
直到有一天，你突然张开手，说：

我不怕了。

——玫瑰，所有的刺都在这里。

2004 年

有所思

观念在反对艺术，一根木头
在反对一棵树。在这里
娱乐和晚会反对呻吟
一道篱笆阻挡着整座森林。

艺术在园子里漫步，并非意味着
园子就是艺术。何其相似
所有面孔在暴政下就是一张面孔
这一切取决于权利和黄金
市场的比率

为此可以再多一些小便盆
印刷的梵高比麦田更真实
他们无需因为没认出一条微小的裂缝而羞愧
他们，他们。
波德莱尔为何要把穷人打昏
——包括你？

交易期待着观念整齐的流水线
带着无知，或许更可怕的阴谋。
因为在这里
没有谁理会无名的流浪者

被门缝紧紧夹住的一根手指的叫喊。

2004 年

死　者

没有永垂不朽。没有那些
大理石台阶不被蒙上苔藓的
永存。二月柔软的苞芽会刺破墨水的坚硬
在注定要坍塌的石碑下。

但历史不会提到这些细节:一个人
如何慢慢死去。黑暗压上他的双眼。
它曾哭过,为着和所有人
　毫无二致的痛苦。

读书的少年,抑或老人。
无论是谁,此刻
作为一个人,他曾经
有过童年,蹒跚学步
在这个和昆虫、鸟群一同
被召唤来使世界美丽的大地。

而活着的人在恐惧中失去双唇

它们曾是真实的，像死者化为灰烬的手指
像无名的事物转瞬消失——

没有指证者，因此
也没有幸存的人。

2005 年元月 18 日

钉　子

一

我愿意走在你的后面，以便与你同享墓冢。
那里的野草呼唤着四季，并从落叶上怜悯地
收留我。

二

如此安静，聚集起整个天空的闪电。
静默的瓦松知道——我的本质屋顶上的避雷针。

三

佩戴栀子花的人过去了。人消逝，栀子花一朵朵
在茶杯上燃烧。

四

生活，有多少次我被驱赶进一个句号！

五

一个中年庄稼汉的衣襟下升起了炊烟。
微风来了，最高的塔被吹成平地。

六

火石。这黑暗中不停冒烟的词。

七

寒风吹着光秃秃的树枝。
路灯把我变成幽灵。孩子的笑声沉重地
盖住我的脸。
墙角旋起纸屑。
我抓住它们，紧紧地——疯狂可以是这样平静。
世界在孩子的笑声中飘浮起来。打着旋。

八

自豪于自由的枷锁可以如此坚定地对我的自由
进行囚禁。
在那广袤原野里放生了自由本身的无限。

九

还能走到哪里？
我的字一步一步拖着我的床和我的碗。

十

打开这本书，它的高速公路试管里淌出的墨渍。
挖掘机履带的印刷体，土地在它日益扩大的嗥叫
前后退。

在它辉煌的笔杆下我们挖出我们的眼，铲断
我们的手
当昨天消失。

十一

卑贱者不被允许进入文字。
刽子手来了，挥舞着笔在你们的沉默前哆嗦。

噩梦跟着他。

十二

愿你活着。永远活着。

——一个人对仇敌的祝福。

十三

有时，一声遥远的哭泣，一个孤单离去的背影
抛出绳索
从深渊救出我。

我认出那张我曾无情击打过的脸。

十四

深夜，一队细小的花朵窸窸窣窣在爬树，沿着
青色的枝条——
当人们进入悲惨的梦寐。

十五

我的忠贞的根深扎在背叛你的泥土中。
多么冷酷啊！

你知道，我爱你。

你生下我。

十六

我的毫无用处：
以它的一砖一瓦造出大海，并在它的快乐上面
升起我小屋的帆。

2005 年

石 磨

我领口的锁骨下慢慢
转着一盘石磨。

它碾着乌云，秋风。
时光的粉末。
这耐心中浓烈的绿是你
饥饿窗口的饲草，你
屋后夏夜蛙声深处的渴。

我看到某个停顿中荷叶快乐于
　　一条小径从村庄滑来。风跟随着
压弯她优美的脖颈。露珠从黎明
滚落——石磨缓缓转动；
风景碧绿的血渗入坚硬的碎石仿佛
　　通往屠场的路；

而磨扇的伤口擦出电，摇柄飞转
往昔的打谷场，星星。

眼泪。被舌尖品尝过的玉米籽，
脱了壳的词语。一粒沙子！咯咯响着
剧烈抖动它哽咽的喉咙——

这也是僧侣们获得幸福的方式。

从未移动。在罪中，在绝望的狂喜中
磨盘沉沉压住我，拽紧从缝隙劈进的
光。塞进脑袋。手和脚。
所有的黄昏拖着
你爱着我的黄昏，围绕一个圆的道路
圆，时间用它来表示终结。

那时，你朝我美好地微笑，一滴滴碾出
死亡的甜。

2005 年

海之书

没有人读出眼泪。
云低垂，没有人读出哀号。

正如那被称之为生活的词，涌出潮水的诗行
星星的标点，浪花的题注。

他是一座大陆的沉静。
波浪永不休止地爱着岸，一次次
绝望地扑向沙滩——

呵，我尝过你的苦涩！

涛声一边赞美，一边洗干净
你眼眶里的靛蓝。

2005 年 12 月

有一瞬间

有一瞬间,我停住手
没叠好的衣服像是跪着的人
脑后受了致命一击,慢慢倒下……

我愣神,
双目空茫:

墙角,幽暗的往事一圈圈织着
迷失于自身的蛛网。

2005 年

我的姐妹们

“一个女人，”她说，“我的姐妹们
难道不是同一个？

你们苍白的嘴唇，被爱情
撑起的骄傲的乳房
你们被男人爱过的悲伤的大腿
种植了多少春天的树林？而那衰老
干瘪的胸腹里，岁月的河流正通过沉沉黄昏。

当孩子长大，男人们也离开
你们向着死亡和深夜行走
当年轻的白杨腰肢弯成朽木
你们在伤害和宽恕中将爱完成。

啊，娇嫩的嘴唇，黄金的皮肤！
愿你们诅咒那石头里的永生——
和一个从未松开的怀抱相比，碑上的铭文
难道不比头发间的泥土更黑、更冰冷？”

2005 年

诗人的工作

一整夜，铁匠铺里的火
呼呼燃烧着。

影子抡圆胳膊，把那人
一寸一寸砸进
铁砧的沉默。

2005 年 12 月

活着的夜

居然,居然依旧美丽……这
眼前的夜。茉莉花叶子簇簇的夜
一双刺瞎的眼更清晰地看见——

伤害祝福它!

受苦的人不会是一尊神。
人间没有台阶
而我将忘掉这一切。

我呼吸这活的夜。如此缓慢
搬动光明之词的黑暗。
又一次分娩:对于任何人
　　那松开的愤怒。

我试图理解:在一双错乱的手掌下
多出誓言的那部分并未
隔着人的心脏被它触摸。

我俯身嚎啕仅仅是因为利刃
　　而生出了盔甲！

2005年

这爱的嫉妒之歌……

这爱的嫉妒之歌的绳索突然松开。
勒紧喉咙的窒息被自由的风充满。

她四处飘散，在每一个女人那里
在每个温暖小腹和乳房散发芬芳。

她生长的皮肤会把美覆盖，宛如无边的雪野
沉默而广大，将所有的目光温柔填满：

她造就忠诚的男人，忠诚的臂弯和肩膀
她是所有的女人，所有的情侣和亲吻……

2005 年

厄运，或曰赞美

铁锤砸反了。
石膏头颅里滚出金子。

囚徒大声歌唱枷锁那
秘密的钥匙。

2005 年 12 月 18 日

一棵老榆树……

一棵老榆树不远处会有几棵很小的榆树
这其中肯定存在着真理。

一双手使劲解开紧紧绑缚在树上的铁丝
这其中肯定存在着真理。

从死亡的国土带回叶子，带回
照耀过它们的光；

在长矛前松开的手信任那还覆盖着
　　霜雪的二月兰以及
你正在读的这些诗句。

这一切——亲爱的，不要怀疑
——肯定存在着某种最高的真理。

2005 年

它们,或他们

它投身于一道深谷犹如
　　陷入一场昏迷

而山谷盛开,迎接它
以刺进的姿势所屈从的认识

年迈的苔藓关闭潮湿的缝隙,随着
一阵明亮灿烂的来临

……喊着它的名字死去!
泥土落下。那最黑的棺柩

梦见了琥珀里轻轻起飞的它们
曾经不真实的花儿。

啊,蜜蜂!

2005 年

最后一天

十二月，最后一天。
在大街上游荡和我并肩走着
那些孤单的电线杆，我们的姐妹
落尽叶子的树，以及
消逝不见的时光。这是十二月的郑州。一年中
最后的一天。

那些多风中摇晃的楼群，那么多
大街上匆匆赶回家的行人
在大街上游荡和我并肩走着
被驱赶的贫穷，无家可归的狗
风号叫着如喉咙上的伤口

啊，一扇窗户贴上了新年的剪纸
商店前是排长队的退休老人
民工揣着绝望涌往车站
路边低矮的冬青
　　落满了尘土——

这些孤凄、悲伤的面容！

我把头埋进阳光对它们的亲吻中
无声地哭。

2005 年 12 月 31 日，聂庄

鞋匠之死

那时他放下粪桶，在徐营村头
傍晚。一个鞋匠为兄弟
干着他的手艺活

木楦子变得沉闷
黑色泥泞，从脚趾缝里向悲哀打开
熟悉的贫困朝笔尖讨债。
雨越下越大。破窗棂上的纸
瑟瑟作响，风劈开他和省城会议桌上的缝隙。

在寒冷中变绿，萝卜地的田埂
印上了趔趄的脚印。
再也没有牛被他买去，拴在课桌腿上。
他只想笑，也这么

做了。墨水瓶底还有一层结冰的洋油
灯芯静静地烧。补丁盖不住暴力的
裂口。他缝着雨和黑暗，为了

无人继承的遗产：砧子上
一根钉子将痛苦深深地
砸进他的脑袋。

只有被遗弃的鞋知道——徐玉诺，①
河南诗人，死于 1958 年。
赤脚，带着疯子的绰号和“将来之花园”
向丘陵和平原逶迤而去，身后
　　是跟随他的群山。

2005 年

---

① 现代诗人徐玉诺（1894—1958）写有《问鞋匠》一诗和小说《一只破鞋》。徐系文学研究会成员，鲁迅、叶圣陶等极为欣赏其作品。其代表作为诗集《将来之花园》。

教 育

唉，分数！作业！
孩子们跟在磨房的驴子后打转

被蒙上眼睛的我，怒气冲冲
挥舞着皮鞭

——请你们理解，在这片土地上
数不清家庭的母亲和孩子
也是这样被鞭子驱赶着
涌向通往疯人院的大门

而在那遥远的贫困角落
没有书包的孩子的母亲一边哭泣，一边
羡慕着这可怖的命运！

2006 年 3 月　郑州聂庄

艾滋病村

风把村外茂密的野苇吹得瑟瑟作响。越过
一道土岗,风把麻雀的翅膀吹得
瑟瑟作响。风绕过
空荡荡的牛栏和猪圈,在打麦场
旋起一股轻尘。挂在屋檐下一只干瘪的小鞋子
在风中孤零零地摇晃。
不知谁家长满荒草的墙头
飘来一阵槐花的芬芳……

这样的村庄没有四季,没有昼夜
也没有别的动静。只有欢喜的风
把坟头破碎的纸幡吹得
　　瑟瑟作响……

2006 年 5 月

给佩索阿

读到你的一首诗。
一首写坏的爱情诗。
把一首诗写坏：
它那样笨拙。结结巴巴。

这似乎是一首杰作的例外标准：
敏感，羞涩。
你的爱情比词语更大。

惊惶失措的大师把一首诗写坏。一个爱着的人
忘记了修辞和语法。

这似乎是杰出诗人的另一种标准。

2006 年

跟我说说他吧

月亮升起来了。在高楼的森林上。
一颗星在闪亮,孤独地在闪亮。

阳台上的花还没有开。书里的影子熄灭灯盏。
他在所有的秘密里沉睡,而我在那里面爱他。

这也是小草和天空的心愿。所以
五月涌起麦浪,白杨拥抱微风。

大地。树林。海洋在不停地翻着波浪。
孩子们做梦。甜蜜的梦。夜晚多么安静。

我也有过那样的梦。所以星光里有沉思
"沙漠深处藏着一口水井。"

啊风,月亮的清辉,还有你,茫茫的夜空
跟我说说他吧,
使我幸福的心变得芬芳。冰凉。

2006 年

我知道

我知道树叶如何瑟瑟发抖。

知道小麦如何拔节。我知道
种子在泥土下挣破厚壳就像
从女人的双腿间生出。

我看到过炊烟袅袅升起，在二郎庙的山脚
树林和庄稼迅速变换着颜色。
山谷的溪水从石滩上流走
淙淙潺潺，水声比夜更辽远。

这一切把我引向对你的无知的痛苦。
　　我知道。

1994 年初稿，2006 年改定

唱吧，悲伤

我们走过那片草坪。月亮在天上静静照着
蟋蟀低声吟唱，花朵摇晃。

野楸树垂下叶子，两个挨近的肩膀
碰到整座山林的祝福。在一个夜晚。
在所有的夜晚。它们都记得。

蟋蟀。野楸树。草坪和月亮。
……那么你在哪儿？

如今，又是秋天
——唱吧，悲伤！

有过那样的一个夜晚，
幸福跟随了我整整一生……

2006 年

在你要去的地方

在你要去的地方，亲爱的
我需要一个未被人间碰过的名字
跟你交换。

空房间里的灰尘堆积
密林中的鸟

已经飞了。而灰尘
又覆盖上更厚一层。

群山在我的眼皮下坍塌。凡被你看到的，
都悄悄缩回了手指。

像是守在蜡烛旁一张死去的脸。

滴着雨水的笑声，用我默默的
悲伤覆盖它。

某天下午，当我在厨房洗去盘子上的油腻，
眼睛里突然涌满泪水——

世界啊，我还留着她……

2006 年

逃　课

阅读。眼睛是黑暗里的嫩萼
展开在校园中的黎明，含着露水
哦，图书馆那一排排玫瑰

风推着他的后背拐了弯儿。新来的祭司
他读了另外的课程。

多么安静。当他
俯身朝向花朵，她就在天空那
　　越过翅膀的蔚蓝中盛开。

他谙熟手指上的风暴，雕塑的技艺
谙熟黑暗中的接生术。
美掩面而退，羞愧于自己的寒酸；

美被用来作不够的比喻——对于他
的创世纪。这是他的作业：
接吻的闪电。火灾中洪水的汹涌

词跳出。不是逃生
是从容的抢救。用血，用摆脱重力的轻盈坠落
在尘世的天堂重新获得一个席位：

他的爱情考古学赢了
　　拉丁语。

2006 年

失　去

一块橡皮的失去里有着
孩子令人羡慕的哭泣。

或者，叶子离开枝头。树摇晃着
鞭子的抽打下风抖开痛苦的宽度。

这一切我都不能做。

我的失去里有一双被砍断的手
突然从墙壁里执拗地伸出——

2006 年

在一起

隔绝在我全是通途。
不再占有你的房屋。我是你。

当我俯身你脚旁的泉水
吮吸，进入身体的大地中的你
我在所有事物最小的叶子里爱你。

尘世的事物可以被占有。而你不是。

我是你周围世界靠近天堂的皮肤。
在你的脚步前后退，直到
最终你跟着我前进。

我有着年迈人秘密的享乐：
你不在，但世界上的一切加入这场
漫长的婚礼。生活在此时
保持了你当年初恋的样子。

我是你。是你在我身上将我驱赶的那一部分。
是你感到空气那无边的痛阈。

2006 年

消　失

消失。

比死亡远，比拥抱近。

我接受遗产，你所奖赏的：

　　寂静。

你的赐予，我遵从。

在这横亘的安宁中我拥有

无限的时刻。广袤夜空中的群星。

金色的你的身体在闪烁，到处都是。

金色的你的嘴唇。金色的！

麦田把它逝去的韶光种植在

我命运的屋顶。

2006 年

嫁给群山

嫁给群山，嫁给
赤裸的一阵风。

嫁给蔚蓝海洋的深。

戴上六月路旁的金盏花
在一床月光的棉毯中
　　倒下——

你来。你娶一棵松树。
娶整个海岸的潮声。
你娶初夏之夜涌动的静。

抱紧我。肺叶抱紧空气。
云从高处把祭坛放到
　　你的唇上。

2006 年

温柔的灰烬

温柔的灰烬，
没有怨言的花瓣的凋零……

白杨树瑟瑟的沉默
一个冻得发抖的农民赶着驴车
在小路上颠簸

啊，道别，苍白嘴唇的微笑
一双满含泪水的眼！

细枝上的霜，扔进了枯井的
稻草燃尽。最后一块火石还在风中坚持

——就是它。对黑暗那永恒的爱
永恒的光芒！

2006 年

祝　福

没有分离，没有隔绝，
我的身影徘徊在你四周的墙壁
叹息轰响了你身边的桌椅

我的脸会落进你每天的水杯、碗筷、电脑的屏幕
所有的新生活都穿着往日的皮肤
我是笼罩你房屋的一阵巨痛

你将会看到我的笑容，在另一个女人的脸上
我的眼睛在她的眼眶里
朝你悲哀地张望！

当她微笑，发出我的嗓音
你们双颊相触，却碰到我冰凉的嘴唇
这刚开始就已陈旧的故事

带着我给予你的快乐把她抱紧吧！在你们中间
我熟悉你的身体，熟悉它每一个细小褶皱的激动

在你们滚烫的四肢下，我缝补的床褥

每一条棉线都在低声哭喊我的名字
你会迎面看到我的脸孔、小腹
你双手握住的乳房将是我烧得发红的哀鸣

我是她，无数女人中的又一个女人
而那银色的月光照临，从窗帘和枕边
你的耳畔回响起我快乐的歌声，不会是别人

亲爱的人，你定会穿越这些啜泣
所有的誓言已被空气和大地铭记
它们绝不会抛弃自己最宠爱的女儿

但……此时，这些可怕的诗句拐了弯

它透过朦胧的泪眼，露出一丝温柔凄凉的笑意
它说：相爱的人啊，
——愿你们快乐，祝你们幸福
愿我的爱在你们的爱情中最终完成。

2006 年

我已慢慢习惯了……

我已经慢慢习惯了
没有你的生活，在长久、长久的
　　分离之后

习惯了你不在那片草地，不在
那棵有绿荫的树下把我抱在怀中
习惯了你窗口厚厚的尘土

习惯了我们并肩走过的路
没有你的脚步响起，没有
你欢乐的嗓音，也没有
清凉的露珠默默洒在路边草丛

我每天独自匆匆回家，习惯了
那片草地一年年黄了又绿的执拗
习惯了树叶的哭泣，窗口的哀号

习惯了那条路在脚下突然的抽搐和
月光那永远、永远的照耀……

2006 年

我的财富

我的财富顶端那失败的钻石
我最大一颗珍珠里最初的贫困。

我哆嗦的手脚，压扁的深夜
我那烧成白灰的一绺头发
以及浮现在冰冷唇上
　　温柔的微笑——

我呼吸，在人间不会停留太久
我爱，并为此终生受苦……

2006 年元月

木匠在刨花里……

木匠在刨花里削出他的脸而
铁匠在镰刀和麦杆间藏身。

白发老妇在破旧的织机上
织出窈窕的腰身和花朵的红。

在乡间,一株白杨就是
一股升起的炊烟,为了让
晚归的羊群远远看见。

我写着单纯的诗句,沿着
笔直的田畦,一溜刚播下的麦种
领着我碧绿地闪出
　　感觉的无线电。

2006 年 10 月 23 日

一穗玉米

上午，我坐在田埂上。
阳光明晃晃照着大地。
玉米穗正在八月长大，
萝卜和白菜发出了新芽。
茄子老了，韭菜开花：
一个人在他的田亩中干活。

我该是忘记了一首诗怎样写。
也不知道这些庄稼怎样
从地下冒出。除了张望
我的眼睛什么也不需要：
一群麻雀在草丛中
寻觅虫子。沟里的南瓜
开出巴掌大金色的花。
昨夜的露水吻着叶柄……
田畦是潮湿的，升腾着水汽。
我看着它们，不知道什么是
多余的需要。

这是谁的土地？
谁种的庄稼？

一个声音低低说："我的。
如果你喜欢，它们也是你的。"

2006年8月23日

反 抗

忍冬花开放，野草生长
风要吹拂，大地隆起成为群山
…………
这其中的殊死搏斗。

诗人啊！茫茫宇宙教会我这样理解：
当人们说起一切铁条和锁链——

2006 年 10 月 23 日

永远里有……

永远里有几场雨。一阵阵微风；
永远里有无助的悲苦，黄昏落日时
　　茫然的愣神；

有苹果花在死者的墓地纷纷飘落；
有歌声，有万家灯火的凄凉；

有两株麦穗，一朵云

将它们放进你的蔚蓝。

2006年3月

卷五

（2007—2014）

火车，火车

黄昏把白昼运走。窗口从首都
摇落到华北的沉沉暮色中。

……从这里，到这里。

道路击穿大地的白杨林
闪电，会跟随着雷
但我们的嘴已装上安全的消声器。

火车越过田野，这页删掉粗重脚印的纸。
我们晃动。我们也不再用言词
帮助低头的羊群，砖窑的滚滚浓烟。

轮子慢慢滑进黑夜。从这里
到这里。头顶不灭的星星
一直跟随，这场墓地漫长的送行
在我们勇气的狭窄铁轨上延伸。

火车。火车。离开报纸的新闻版
驶进乡村木然的冷噤：
一个倒悬在夜空中
垂死之人的看。

2006 年 12 月—2007 年 9 月

纬四路口

整整一上午，他拎着镐头
在工地的一角挥舞

赤裸的脊背燃烧起阳光
汗珠反射肌肤和树荫深处的愤怒

整整一上午，刨土声平衡着
夏天与寒冷之间的沉闷叙述

更大的喊叫来自搅拌机，石头和一部分
冷漠的听觉在那里破碎

我的注视是一阵剧痛：
他弯曲的身体，丈量台阶的卷尺

而此前，我恍惚看到一支大军
行进在他粗壮脖颈和双臂的力量中

一瞬间我以为身边的楼群
是树林，是鸟在黑暗里……而

我的脑袋撞到想象力的边界：整整一上午，他
像渺小的沙子，被慢慢埋进越来越深的地桩。

2007 年 2 月　郑州 · 北京

我的笔

蘸满肮脏的泥水，我的笔
有着直立的影子。一棵陡峭的树
从那里生长。我的笔

钻进垃圾箱翻捡
弯下的身躯在纸上爬行。我的笔
要钉住大皮靴燃烧的脚印和
被活埋的东西，它挖掘。

它准备放弃天赋、流水账
插进坚硬的石头。石头。
它记录噩梦，记录弯曲的影子
真诚是它的哨兵。我的笔

折回它的翅膀，向下钻
直到岩层下的哀嚎握住它——

火和油。这是我想要的。

每一声被称之为诗的哭泣都想要的。

2007 年 9 月 20 日

从绝望开始

秋夜的虫鸣温暖我
它有一克重的幸福。

云层中的月光照耀着
它有巴掌大的爱抚。

树荫低垂,覆盖我以它
一立方厘米暗中的拥抱。

一秒钟！傲慢的花岗岩朝我
挨近,说着秘密的火。

……而我坚持在人类的寒冷中
发抖。哆嗦。

2007 年 9 月 16 日

格桑花

八个瓣的石头，会飞的石头
我秘密的爱认出了你。

啊，红色的炭块，白色的火焰
燃烧在八月的高原。

你是穷人的前额，风的情人
你是一个人的童年深藏在他泪水的晶莹中。

我从你对高原的忠诚里
分得了幸福的允诺和孩子的羞赧。

恍惚间我记起另一个八月
是谁曾用指着你的手把我点燃。

格桑花，你用最小的闪电把我抓住
——由于一个人
那往昔一刻不停地走到今天……

2007 年 8 月

在东大寺

东大寺的一角，头戴白帽的
年轻穆斯林在诵经。
他们低沉的声音里，清真寺的圆顶在升起
朝着弯月和星星

他们平静的面容宛如树叶
他们的嗓音宛如西风和北风。
一个有信仰的心灵可以如此安宁
令旅游者的脚步变得胆怯、沉重

就像今天，我坐在电脑前
耳边忽然响起缓慢的诵经声：
东大寺依然在遥远的西宁
下午的阳光照在长廊的圆柱上
并推着一阵风从千里之外赶来
吹凉我发烫的额头……

2007年9月

还是青海湖

今天，我突然想到
那被大海遗忘在雪山和高原深处的海
那片孤零零的海
带着它的青稞、牦牛、鸥阵和鱼群
带着它的四十八条河流
仍然在距我头顶 3210 米的天空

奔走。奔走。奔走。

2007 年 10 月

豫东随想

十三个县的庄稼丰收。豫东大粮仓
如秤盘盛着一个国家的粮食安全。
浪漫主义的诗行里如此描述:
滚滚的麦浪闪着光芒。
而这普遍的诚实,成为碗里的悲叹
干瘪书包里的贫穷,医院的账单
成为被慈善家期待的光环

商丘,柘城,杞县……
大穗的籽粒,叶子里的富矿
从土里伸出做梦的手
无法触摸到星辰运转所指示的方向
被按进表格的红色数字,菜蝶般
从种地人的麻袋里飞走

一群外出打工的农民,低头
从破帐篷走出,一沓钞票抵得上
十亩金灿灿的麦粒

在不被破解的秘密方程的转换里
它足可以胆怯地抵御
泥土里被贱卖的生活
那曾被他们世代热爱的
　　有尊严的生活

2007 年 9 月

在石漫滩

没有卡拉 OK。没有公园。
风把一座水库慢慢推到岸边。
风把一盏灯吹向二郎山峰顶。

这里，麻雀在树林深处
温柔地呼唤。清晨的阳光飞舞着
在乌桕叶子上做巢。山村的羊羔
如此洁白，永不会撒谎的咩叫
在麦秸垛旁撞击我们铁打的心房。

陡峭的岩石说着死亡。
辽阔的水面说着诞生。野菊花说着美。
炊烟说着生活。
而一束光穿透过我心中的黑暗
投向身边的诗人——

我爱你们。
胜过所有的美景和诗行。

2007 年 11 月

现在，不可触及

——对帕斯说

米斯夸克，墨西哥小镇
你在纸页上的曙光里将它建起
在语言和真实的岩石上
在刀刃上和孤独者的眼里

而依旧是我的现在
不可触及。半空中的房间
禁锢低头下望的目光。大街拥挤的汽车
拖着钢铁欲望的外壳
立交桥无尽的缠绕，报纸新闻
更远——不可触及

我的手敲打键盘
那里不生长一棵草，也没有
最小的微风，宛如无人的古井
涟漪不超出七寸荧屏

面对一碗米饭羞愧，面对不可触及的

腐烂肠子中钻出的蒿草啜泣
瓦砾下汹涌着比海更狂暴的怒浪
足以摧毁压在额头的巨石

我的鼠标在黑暗的地洞里奔窜，寻找一个
光明的出口。荒凉的楼群不可触及
语言犁头找不到泥土里
最细的草根，那铁钳夹疼的一丝光亮

现在，对于渴望，市场
有着满足幸福的允诺
但一个濒死者的喉咙，不可触及
羞愧在燃烧我虚弱的头顶
一场蔓延的灾难，不可触及的瘟疫
于你，是故乡，被毁坏的白蜡树
于我，是现在，也是过去
不可触及
是时间的丛林、山峦、平原、河流的痛哭……

2008 年 7 月

给姥姥

姥姥,我终于可以给你写一首诗了
在你去世三十二年之后……

你是我唯一的同龄人。
你是我的小树,我的夜空和梦。
是风,在四季不停向我吹拂。

是我可以想到的所有陈词滥调,也是
它绝对的敌人。

这三十二年,你在我身体里走路
咳嗽、歇息……直到今天和明天所有的日子。
姥姥,你是我永远的同龄人。

听我这么说,你就会微笑着
坐在葫芦架下,盘起那条童年时
我枕过整整一生的
瘸腿。

写于 2008 年 2 月姥姥忌日

词

词，弯腰搜寻我身体里的磁铁
扫荡大脑沟回的碎屑

句子伸长雄鸡的喉咙
在我漫长的梦中啼鸣

你推动礁石，灌满裙裾的风
你吹弯厨房的炊烟
成为生活开始的信号。词。词
危险的风箱，当话语的浓烟
再次滚滚点燃
再次以锤头、铁砧
敲醒我耳朵里匿名的收信人

——在汉语里，在黄河的南岸。

2008 年 2 月

哥特兰岛[1](组诗)

哥特兰岛的黄昏

“啊！一切都完美无缺!”
我在草地坐下,辛酸如脚下的潮水
涌进眼眶。

远处是年迈的波浪,近处是年轻的波浪。
海鸥站在礁石上就像
　　脚下是教堂的尖顶。
当它们在暮色里消失,星星便出现在
我们的头顶。

什么都不缺:
微风,草地,夕阳和大海。

---

① 哥特兰岛，位于瑞典南部，是波罗的海最大的岛屿，以风景优美著称。

什么都不缺：
和平与富足，宁静和教堂的晚钟。

“完美”即是拒绝。当我震惊于
没有父母、孩子和亲人
没有往常我家楼下杂乱的街道
在身边——这样不洁的幸福
扩大了我视力的阴影……

仿佛是无意的羞辱——
对于你，波罗的海圆满而坚硬的落日
我是个外人，一个来自中国
内心阴郁的陌生人。

哥特兰的黄昏把一切都变成噩梦。
是的，没有比这更寒冷的风景。

无顶教堂①

据说上帝在这里，而这里只有石头。

---

① 圣尼古拉大教堂，位于哥特兰岛古镇维斯比，原建于中世纪，现只剩石砌墙体、圆柱等较完整的废墟。

游客，吉他手，牵狗的
家庭主妇。丹麦人
芬兰人，罗马尼亚寡语的移民
本地教养甚好的市民。

这就是一个世界。

椅子和台阶，其中隔着多少
厚重的高墙！

石头，石头。
一座石头教堂，仰面就是
流云和鸥鸟编织的天空。
曾经悬挂圣像的地方
现在是青藤和鸟窝。数百年时光
苔藓已耐心把祈祷的位置占领。
昔日君王脚下的石头
已经砌向天空。

我在无顶的教堂朗诵李商隐
死到临头的春蚕，在石柱间穿梭的青鸟。
野藤，蒿草，石头和墙缝

——它们肃然，默不作声
仿佛能够完全听懂。

特朗斯特罗姆在弹琴

特罗斯特朗姆在弹琴
用他的左手。

一道山岗上有午后的书房
格利埃尔的谱子，风中的
白桦林齐刷刷站立在
梅拉伦湖畔的房屋，等待
一只手收回它们风中的落叶
那些已知的痛苦和未来的悲伤。

他微微闭上眼睛
手指下蔓延着风和波浪
窗台上的天竺葵突然一片火红

人们认为所有重要的事情
都可以用右手来做。失败，
这是他想要的抵达——
特朗斯特罗姆在弹琴，用他

老人的左手。

英　雄

——给维斯比①

荣誉建起了你的城堡，而不是
低矮的草地。

没有比它更坚固的城堡！

而有时你会偷偷溜出来
翻越城墙的缺口
写诗，痛哭
在草地上。

只在草地上。

瑞典的一座花园

苹果因成熟的欲望而坠落。

---

① 维斯比，哥特兰岛最大最古老的城镇，以建立于 13 世纪的环城石头城墙和塔楼闻名于世。

地锦藤在鹅卵石上一寸一寸
攀爬进秋天的霜寒。
接下来就是冬天。

这很好。你眯起眼
什么也不做,像小径旁那座
蒙尘的半裸雕塑。

犹如一棵笔直的白桦和另一棵高耸的松树
不能降低的尊贵:
对于明媚的阳光
你仅仅提供无用的看和想——

这几乎是肉体最隐秘的快乐。

在法罗①

——给伯格曼

法罗——羊岛。
石头矮墙,褪色的木栅栏

---

① 法罗,瑞典语,羊岛的意思。小岛人迹罕至,电影导演英格玛·伯格曼常年隐居于此,直至去世。

林间的轻轻喧响掠过顺从的野草

你茫然站在海边，面对破败的房子
一棵松树对你低语：
在他死去两年之后
他还住在这里。

上午十点。窗前是
隐约的波光，被海风吹歪的树林
野草莓已经凋零。无名的野花开了又败。
没有人，只有大团的云
在深渊般的海面投下阴影
宛如父亲的脸。

最终他不能理解世界为何是这样，因此
直到今天他还在发育，长出胡须。

你看见他默默出现在屋檐下
茫然地望着远方
就像你现在的样子。

克伦堡[①]

“老王的鬼魂昨晚又出现了。”
你蓦然回头，看到它的影子
正在渐渐远去。没有浓雾
波罗的海的阳光正在你的头顶

正午也是鬼魂出没的时辰。

哈姆莱特号，一艘
巨大的渡船，要将几百辆汽车
运过松德海峡。一些游人登上甲板
和传说合影。

“生存，还是毁灭？”
哈姆莱特在说话。而我的问题却是
关于沉默的罪过：
——“是说话，还是毁灭？！”

---

① 克伦堡宫，位于丹麦半岛城市赫尔辛格，是丹麦最负盛名的宫廷建筑和民族象征。也是莎士比亚著名戏剧《哈姆莱特》故事的发生地。

……脚下的波浪深处传来一阵阵
隐隐的叹息。

安徒生墓前

一缕阳光正照在你的墓碑上。
四周深陷阴影中。

风吹来，松枝微微一动。

小人鱼在远处的岸边
低头不语。几艘游船带来了
好奇游客们的照相机。

你根本没有看见我们——
黑暗的泥土和石头里
你紧紧盯视着外面越来越长的影子

你知道，替代白昼到来的
仍然是坚定而沉默的繁星。

在路上

墓地和遗址，拜访的路上
你知道你正走向它们。

众多的墓地和遗址，仿佛
你走了这么远的路就是为了
抵达它们。

这就是你成长的道路。
你不停地朝前迈步，向着墓地，还有
一个个遗址。

奉　献

——给塔尔科夫斯基

你是一棵燃烧的树，一根即将化为
灰烬的蜡烛。

守在摄影机前，你不说话
盯着远处开始燃烧的房屋。你脸色苍白
奔走在泥泞中。

所有人都知道，你就要死去。

然而你为何要种下一棵树，为你的
儿子，既然你已经点燃房屋
已经烧毁了一棵树？

“浇灌吧！”——你说。倾尽自己的生命
犹如永恒的死亡之泉滴下
　　第一颗种子。

2009 年

阿克苏诗笺(组诗)

克孜尔

克孜尔,我知道你还在用你洞窟的深眼窝
看着我。那里有
永在的美和被摧毁的美。有你的千行泪泉
滋养着芦苇和桑椹。你谛听
我沉重的脚步,在北京的楼顶
让星星和夜风向你呼唤。

你在比高更高的高处,在沙漠造成的灼热里
收拢我的梦。当我回忆
你就醒来,阳光照进你的眼睛
两排黑杨闪开一条道路,在沙之书的扉页
有两行葡萄架的诗句
为你朗读一个女学生的情书。

克孜尔,在飞驰的六月我和你曾度过一个

新婚的夜晚。歌声的深井
溅落一块玉；而在褪色的经卷里
它是一盏向你不停赞美的灯。

当岁月一层层被风沙翻过，克孜尔
我依旧是你衰老的情人，我那走在北方的
松弛的双腿，变得臃肿的腰身和
含着凄凉的眼睛，还会为你而
用来微笑或者哭泣……

沙　漠

沙漠。沙漠。
看不到尽头的沙漠。似乎为了让我拥有更多
在贫瘠情感中淘出的金子
你在令人恐惧的辽阔里扬起了
一柱高高的旋风。

祝福你无涯无际——除非
我找不到你藏起的
一小片湖水。除非
我没有认出被你全部干旱
所虔诚供养的

低矮的芨芨草。

风沙，永不休止地吹吧——
在没有倒在你燃烧的怀抱之前
我离你是如此遥远，恐惧于
泥淖中慢慢的腐烂。那些
电闪雷鸣的深夜，暴雨整夜哭诉
对你的疯狂渴慕。

此时，在火焰蒸腾的戈壁沙漠
我将要把沉重的船缆
抛向你被吸干了全部海水的
焦渴上。

戈壁夜歌

你的歌声里有我注定要失去的
美梦，好像一个亲吻使嘴唇紧闭，
往昔岁月的哭泣
在你缓慢的经过里悄然响起。

一定有更伟大的孤独，所以才有了星空。
如此遥远的注视，在你说出“悲伤”这个词

的时候，有微弱的灯火
　　闪烁在露珠里。

黎明在曙光深处把我年龄的黑暗
纺织，直到它成为一片写满诗行的
田野，驴子和公鸡醒来
为一个人造出新的清晨。

一定有更痛楚的爱，才会有
干旱沙漠里的草木。
翻越群山的风，吹开我的眼睛，
奔跑了一天的大地使它
平静。——哦，黑夜里忽然响起的歌声

你几乎是一次车祸的理由。在我所有死去的白昼
你几乎是幸福的提醒。

苏巴什故城

苏巴什寺在一片阳光中高高地燃烧
下面是滚滚的沙砾。
风造出丹霞火红的力将把一切
夷为平地，惟有

苏巴什被无尽的时光吹拂；
夏天正午的黑暗跟随
玄奘脚踝上的一小团火，并在信仰的跋涉中
耐心修撰荒城的记录和
　　风的呜咽。

这里是石头和沙砾的王国。
近乎完美的磨损，把一个人内心
所能具有的坚硬交付给砥砺；
直到他在无限中消失，并在这消失的归还里
伴随独行者的身影不停地
　　向这里走来。

手　鼓

脚步踏响四季的田垄。分秒有着
均匀的足音。
是雹子的击打，是轻雷
在指缝中滚过——死与生的号令
以寒颤赞美火焰，四肢的抖动
惊醒为哭泣和歌唱
　　而存在的器官。

节奏。节奏。节奏。
飞逝的时钟！

为了获得其中片刻的停留
诗人们恭敬地在你身上写下
　　自己的名字。

南　疆

在一团压低的云里穿行我带着热风
那些苜蓿草和棉花地
接近了采摘的手。
她们和平地放生那些
和时间搏斗的名字。

皑皑的托木尔峰竖起蓝色阴影
笼罩并祝福火星闪亮的馕坑。
她们围裙的果实中有磷
杏仁里有脆弱的心，在一双
无法了解自由的眼睛深处
　　被羡慕和追问。

多浪木卡姆，麦西来甫
强壮于死亡所渴慕的爱，新月
安放在清真寺蓝色的圆顶。
还有叶儿羌河把恐惧化为玫瑰的安慰
在被沙漠包围的荒凉里，萨巴尔
又开始了歌唱。

我几乎迷了路——在“被睫毛扫干净的”①
名叫库车的地方
隔着汉字的拥抱
我几乎无限地挨近了你。

沙之书

因为有人走过，沙漠不再荒凉。

有时候我感觉自己垂直的
降落，在夜晚高高的宁静中
生活的草地上开始有了露水。

孩子们白昼的喊叫在那上面
留下了珍珠。生活是如此漫长的

---

① “被睫毛扫干净”出自《福乐智慧》。

跋涉！干渴和烦恼的风
吹光了一个人耐心的头顶。

犹如对诅咒所回答的祝福
每一步脚底下的沙子开始涌动
直到它成为漩涡，呼唤一场甘甜的雨——

我在向大地扑去的摔疼中
拥抱了它。

差　别

在这里
他们受苦，他们幸福
他们唱歌跳舞
诉说着他们的苦难和幸福。

苦难和幸福在舞蹈和音乐里常驻。

而在另一些地方，另一些人受苦
或者幸福
他们默不作声。

蹲在屋檐下叹息或者忍受。

一阵风吹过，掩埋了他们的尸骨。

2009 年 7 月—2009 年 8 月

恶　心

痛苦，失败，被隔离的孤独。
他安慰着你的不幸
用叹息和雄辩
抱怨着命运的不公——“为什么是你?!”

“……为什么不可以是我?”
你苍白的嘴唇平静地说。

“这些文章，哦，疯狂的句子，”他睁大眼睛，
“将把神圣的人放置在荣誉的顶端，
无人能及。”他比划着
似乎面前有一座教堂的尖顶。

“愿噩梦继续跟着我!”
你扔掉手里的草茎——

“没有谁能领受这黑暗的尊敬。
它几乎是人类最秘密的丑行。”

2009 年

悲　伤

那么,脚会知道你的后门。
那么,眼会看到倒扣的碗。

你用耳朵唱。你用歌声哭。
你用死在其中的脸微笑。还在笑

多么美,九月正在枯萎的树。

2010 年 9 月

小丑之歌

在世界这个马戏团里，诗人看上去就像一个
堂·吉诃德那样的“满面愁容”的骑士。
——诺曼·马内阿

锣鼓开场——
欢呼声里，没有无辜的人。

用一种地域性文字说话，但那不是地理学。
而国家意识：和平彩旗装饰的炮口。

你手下的道具和纸张有着苍白的脸
幸运逃脱的道路
从那里，闪烁一道枷锁的光。

别着急，慢慢等——

穿上你的花格外衣，大皮鞋
红鼻头暴露了神圣的破绽。

魔术就是这个:一朵花
刹那成为匕首。权杖
抖出了一方红绸。

多么鲜艳！嗜血的目光
也曾渴望平等。而平等需要祭献
需要高出地平线的理由:

——田野荒芜
但转基因大豆令杂耍场可笑地打滑
空置的别墅旁,就是张灯结彩的售票口。

虎豹来了,哈巴狗在做算术
继续演出——刽子手曾是烈士
起义者则请进了包厢。孩子们举着气球
忘记课本里的债务。

拉幕人知道,你从一本书里钻出来,但
别把它打开。
你摇晃在钢丝绳上,但
别往下看。

深渊在歌唱。火在歌唱。
堕落的礼花却渴望崇高的天空。

——没错！我的歌献给做鬼脸的小丑：

你摘下滑稽的帽子，猛地揭开帷帐——
那被观众目光掩护的黑暗机关
穿了帮。

黑暗剧场，鸦雀无声。

2010 年 9 月—2010 年 10 月 1 日

无　题

你在我的身上说话，但那是
不同的话。
你在我的手上写字，但那是
不同的字。

我翻译你，连同你栽种的白杨
在我的生长里它成为秋色。

在我的伤痛中你的嘴角抽搐
你的双唇滴血，当它们刚从话语的刀刃上离开。

但你不是镜子。不是倒影。

你是词的沙子，汉语的土坯，
在我身上慢慢塑成人形。

2010 年 10 月

天黑了

天黑了。高过树枝的鸟叫
落回在低处的巢中。

你的大女儿在刷碗。小女儿
收拾桌子。

幸福的路人看到了祝福
不幸的人却看到了悲苦——

温暖的光透出你家的窗户。

2010 年 9 月

10 月 8 日纪事

沉默的人们点燃了鞭炮
代替他们的叫喊炸响在北京的夜空

如果你能想到,沉默也曾经浇灭过火星
沉默也铸成铁栅栏的一根
——正是如此!

有一瞬间你站在窗口
望着烟花四坠的光芒,欢喜和悲伤
无疑在你心中升起一道耀眼的彩虹

有人愤怒,有人欢呼,有人叹息
孩子们在抱怨未写完的作业
而你慢慢回到桌前坐下,想着
明天的早餐吃什么

还有爱情的尖刺和秋日的静默——
你拿过针线,继续缝补

衣服上的破绽正如被炮仗炸裂的
漆黑天空。

2010 年 10 月 8 日

即便如此

但我还是想把目光投向
因为怀孕而变得沉静的母鸡闪亮的背羽上
她在树下安静卧着
树在午间的微风中轻晃……

但我还是想低头吻我男人的嘴唇
那深渊,我想跳下去
猩红的晚菊花,为此快点开放吧

但我还是想写一写云彩在天上漫步
举着雪白的伞,向牧场里
牛的蓝眼睛投下一道清凉的阴影

……胆怯,懦弱,随波逐流
我那不怎么样的德行
并非接受一切龌龊的理由。
我还是想——我还是想——

当我的手因为曾伸进污水而变得肮脏
我依然希望用它
把我的脸洗干净

2010 年 9 月

建材西路

妈妈带着她的两个女儿出门，
三棵杨树走在路上。

这不是没有可能的事——

三棵杨树走在路上，棉花小狗
跟着她们。木头鸽子骑着柳絮带路。

没有人感到吃惊。清洁工在跳扫帚舞
一辆公共汽车央求
　　扛着站牌疾奔的退休老人停下脚步。

三棵杨树手拉手，骄傲而碧绿
风把她们干净的布裙子吹得闪闪发亮。

那是妈妈带着她的两个女儿
走在西三旗建材西路上。

2011年5月23日

死亡在工作

死亡在微笑的脸上工作。
死亡在情人的嘴唇间工作。在婴儿诞生的
啼哭声中大笑，在第一朵迎春花
嫩黄的自信中工作。

死亡在工作，没有比他更尽职的家伙！

但他有永远做不完的工——既然
还有人在微笑，还有人在接吻
还有婴儿诞生，迎着他阴鸷的注视。

元旦这天的早晨
我冒着寒风走出家门，看见
路边干硬的迎春花挥舞着枝条
它挥舞！挥舞！
——被严冬所嫉妒。

2011 年

疯人歌(组诗)

一个傻子在小区里打电话

每天上午这个时候,总能看见
一个傻子站在树下打电话

一个穿邮政工作服的绿傻子
一个对着手机嘟嘟囔囔的男傻子

打着打着他哭了,声音也高了
鼻涕被另一只手抹到了衣领上,闪闪发亮

这是上午阳光最好的时候
这是幼儿园大喇叭开始播放儿歌的时候

每个人都远远躲开他,像躲开一句诅咒
——戴眼镜的教授、买馒头的老太太
收废品的三轮车猛地拐弯

一对说笑着的情侣突然闭嘴——

仿佛那傻子是个天才，是个道德家
让所有人都变得沉默、惧怕
让所有人的快乐变得尴尬

但走远后的教授，重新昂起了头
挽着胳膊的情侣，又开始打情骂俏

那傻子就是阳光下一段漆黑的夜路
那傻子就是一张唱片被禁忌消了磁

哎，一个傻子在小区里边哭边打电话
一个写诗的人死死盯着他，忘了出门要干什么

这个时候是伟大首都最忙碌的时候
这时候一只蜜蜂正拎着一小罐花粉回家

一个疯子在小区里奔跑

鉴于保命的可耻爱好，每晚我都在
小区里奔跑。每晚都会遇上另一个奔跑的人

她忽前忽后，在我左右
她旁若无人，嘴里的词儿滔滔不绝
比疾奔的双脚还要押韵

有一天她嘟囔着一句话——太高兴了！
就这么她一直说着——太高兴了！太高兴了！

我也差点喊出来——是啊，太高兴了！
我跟着她紧跑慢跑，像在追赶高兴

更多的时候她嘟囔的话听不清
我的耳朵像先进的火控雷达，瞄准了她

但有一天她开始大声嚷嚷，带着哭腔
——别打我呀，别打我！

半个多小时，她一直边跑边嚷——别打我呀！
我小心翼翼拉开距离，像一条狗看见高举的棍棒

等她颠儿颠儿消失在楼洞里，我忽然怒气冲天：
——为什么不说高兴了？你这个女疯子。

加里·基尔代尔[①]的弟弟

大夫敲门的时候，天闷热得邪乎
门开了，小伙子露出清爽的笑容

“……我就是加里·基尔代尔的弟弟
那些清华的自大狂，有几个能写出这样的程序？”

他讲解着计算机的奥秘，逻辑严密
还打开计算机，向我们演示

这个瘦高的小伙子，帮我组装第一台计算机的人
教会我上网、聊天，注册第一个 E-mail

他年迈的父亲的腿一直在打颤
他慈祥的母亲不敢作声

三天后他被送进精神病院，据说率领众病友
一举占领办公室，赶走大夫，扯下了锦旗

---

① 加里·基尔代尔，（美国），计算机软件发展的先驱。

几个月过去,他平静地回家
带着一本英文词典——倒背如流

这个小地方来的大男孩,如今在北京创建公司
一个女研究生被他迷住,共结连理

祝你幸福,亲爱的小伙子
你的确是基尔代尔的弟弟,即使曾被一群白痴羞辱

去西藏

他不说话。不说话。
他用眼睛戳编辑部的墙,戳天花板
戳一切看上去能被戳穿的东西。

现在,他瞄准了我:
"——去过西藏吗?"
我头摇得软弱,像欠了他的钱没还。
"为什么不去?你还是个
诗人吗?"他愤怒得大义凛然
我窘迫得无地自容,如纸老虎被戳穿。

第二次他来，眼神更凌厉：
“西川，住在一间靠湖的草房里
这个你知道吧？”
我瞪大眼睛，没敢笑：
“不是吧……他怎么可能住在那里？”
“他从不用电，只点油灯和蜡烛！”
接下来，他给诗人们安排了可怜的食物
浪漫的情事，以及发疯自杀的结局。

望着他傲然离去的背影，我为自己
住在楼房、不会种菜
并且还要写诗、没胆量跳楼
感到羞愧……羞愧不已。

失语症

已经有很多天了……她在屋子里
盯着墙壁。有时低下头
盯着手里的杯子。无论如何
要记下很多天里没有发生的事情
就像她一遍遍摩挲着茶杯
直到它变凉。

这事情如此重大，以至于她不知怎么表达
所以继续倒进开水，等它们变凉
那滴留在杯口的水珠
慢慢变成几乎看不出来的水渍
就要隐去在暮色中，像那些
忘了何时写在照片背后的字
那无意义的、颜色消褪的、不可能
与回忆对称的笔迹。

土豆来了！

一封信来了！
主任收到来自东北某农场的投稿
里面夹着一张玉照——
“男人们为我疯狂，他们叫我农场之花。”
我瞥见这行字，对主任竖起大拇指

她的诗写得深奥难懂，这令我多少有点惭愧
主任回了信，内容不得而知
和他相比，我更觉自己时常无礼

据我观察，他们的通信来往了几次，
主任讳莫如深，而我

为自己的好奇心感到可耻

“——来了，来了！”某天早晨
他惊慌失措闯进办公室
手里挥舞着来自农场的电报
我快活得几乎要跳起来——
“场花要光临敝社？”

“——明日发往你处两车皮土豆，命令你
立即就地销售！”主任念出电报内容
并对这一新职业深感惊恐
为坚拒这一伟大任务，他匆匆赶往邮局

我幻想的美景差一点就实现——丰收的土豆
两车皮壮观的圆滚滚土豆
蹦跳着，骨碌碌堆满办公室
淹没楼梯、楼道，伴随着
收账的农场之花高跟鞋动人的敲打：
哦，迷你版政治，小号乌托邦
——土豆来了！

录抄一首

——来自某医院病案复印件

救救我，别把我活埋……

不要踩踏我的手
它正紧紧扒着曙光的窗台

祈求这块松动的砖头
不要突然断开——

不要猛踢我的脸
递给我一个绳结
——让我活下去吧！

在我面前，恐怖裂开了大峡谷
在我脚下
海浪贪婪地伸着舌头

发动机停了。四周多么安静。
我的心
请你再跳一下

医生，我记得我有名字……请你
再叫我一声

啊，就要消逝在天际的晨曦
我不是你的一颗星星——
请不要把我收走

救救我，让我活下去吧

如果你不愿意，
壮丽的大地——就让我停止挣扎

用你永恒的伟力
让我安静吧——

棉　衣

一颗受过脑炎细菌侵害的花白的头
在灯下低垂。

它苦恼地计算孩子们肩膀的弧度
衣袖如何舒适，如何拆完后

再缝好那些正确的针线。

人们在雪地上打闹，未来的诗人试图
在冰凌里印上自己的脸。
雪花飞舞，寒风强劲
这一切多么适合抒情。

而我信任那受过伤的大脑的痛苦：
一个母亲身边的剪刀、线团
以及冬天里一动不动的耐心——

它不是别的——
它是所有艺术的秘密。所有的艺术！

2008—2012 年

汉语之航

是锚，而不是鱼钩
沉系在溺水者的下颌骨上。

只有在那里，你听到牙齿森森的喘息
那些眼球发青的人
还没有死。

2012 年

爱

爱，就是不想活了。

爱是掏空自己，变成
一个影子；

爱是英勇无畏地使自我软弱无能。

去爱就是去找死。
去爱就是以死的方式活着；
就是请一个人把双腿
插进你的身体，

带你走。
你不再有嘴唇，眼睛。
他或者她
在你说话，在你凝视。

爱是水，是任何盛放它的

事物的形状。

爱是安静的乞丐
向一棵草祈求一小片残叶的美丽。
又是一无所求:速速朽烂
成为泥土,供养别的生命。

爱日夜呼唤,奔走在旷野
爱是时间的消失。
如一张白纸的失败
期待世界全然占有自己。

爱是茫然无措。
爱是化为灰烬。

2014 年 2 月 1 日

我生如草芥

我生如草芥,并心安理得于此。
并坚持于此,当光芒在我身后
将影子巨大地投于墙上。

我生如草芥。请勿靠近我
当你们用无限赞美
加害于我。我生如草芥——
渺小。脆弱。有着从不沾染血腥味的
淡漠。

2014 年 2 月 27 日

辨　识

“人不可能拥有他的自私之物。
因为人并不拥有它。”

他挥舞着锄头，在山脚下劳作。
另一些时候也是如此：
那些在书桌前感到绝望的人，
以及把性命交到爱人手中的人。

深耕的犁默不作声
想让泥土把自己埋进去。
一个人想掏出自己的肝肠
献给那因热情的颤抖而无限辽阔的虚无。

只是不要说这有什么伟大之处。
母亲在水池前刷碗，
孩子们在树荫下嬉闹，穿过发热的空气。

2014 年

雪夜之戴逵[1]

我知道，船已经离岸了。

戌时降雪，掌灯，斟酒；
亥时读《招隐》，开门，备船起身。

从山阴到剡县，二百里水路。
大雪压境，淅淅纷纷
笼罩山峦深溪，村野草树。

窗户映得明亮。我听到马在后院踏蹄
刨着深夜的安宁，几滴雪片
溅到了绢上，正慢慢化开。

雁荡槭呼唤着云山枫
两岸寒树耸着脊背，沿着剡溪冒雪奔跑
如一朵云跟随着乌篷小舟。

---

① 诗据《世说新语》之“雪夜访戴”。

家童已把酒热好，几案插着青竹
这是他喜欢的。而墙上的破琴
拼起了一个人的完整——这也是我喜欢的。

三更，四更。鸡埘里传出安心的啼鸣。
艄公缩肩把楫，而那人已化入苍茫雪意之中。
一切都好——
寂静覆盖了我皑皑的绸绢。
兴，兴有四手，君两只
我一双，接着漫天碎琼乱玉，
这一路银色世界，至静至美——
呵，生死无非一夜大雪，
你我一同寄身其中：举杯吧，子猷。

我不会出门移开柴扉，
你也不会大笑着下船；
月亮已从高天走到西边的山峦，
君将在艇湖折返船头，完成那
名垂青史的雪夜一游。

2014

精卫填海

我知道这没用。大海无边无际，
也没有底。

但生命用于无用之用
原是世界的道理。

况且编故事的人是个道德家，
赠予我不谙人事的少女身份。

但凡有点儿常识的人都会明白：
一个人死了，而我活着。

否则不能解释这填海的荒谬。

所以我必须脱下人的形体，
就像一个死人脱下她的活。

现在你们都知道了，我是一只鸟

然后会是一块石头
在荒谬和自由中继续活下去。

2014 年

在安菲萨的老咖啡馆

写给陈超先生

我看到你在窗前坐着，正写着你的诗句。

1976 年[①]，安哲洛普洛斯在这里架起摄影机，
拍摄《流浪艺人》。咖啡馆里堆着道具，
演员和助理们有时也坐下来，在高高的天花板下
歇息。天是灰色的，仿佛这里并不在希腊。
那一年的中国似乎也不在中国，
一位巨人死了。广场上全是晃动的影子。

沙纳西斯从咖啡馆墙壁一侧长长的镜子里
静静看着忙碌的剧组，里面却是 1938 年[②]某天

---

① 1976 年，希腊导演安哲洛普洛斯在安菲萨这家老咖啡馆拍摄《流浪艺人》，反映希腊军政府独裁时代人民的苦难历史。那一年即中国“文化大革”结束的年份。

② 安菲萨这家老咖啡馆于 1938 年建成并开业。此时正值中日战争期间。第二年，第二次世界大战爆发，希腊被德、意军队占领。

早晨
咖啡馆新开张时他父亲的面容。
另一侧是一个小小的戏台，荷马的英雄们
从那里抵达特洛伊或者伊萨卡。

而此刻，他的女儿约尔伊娅在柜台后煮咖啡，
偶尔走到照片墙前，拂去安哲洛普洛斯脸上
积落的灰尘。他的手臂朝前伸着
已经整整三十八年。咖啡馆的戏台
大幕已沉沉拉上，破旧的纸箱子堆在台前，
那是幽灵们最古老的家乡。
夜深无人时，刀戈轻微的碰撞声
会惊醒一只老鼠，它拖着沉重的身体
从老旧的台球桌上溜到铁炉下取暖。

通常，咖啡馆人少的时候
所有的椅子一律朝向大门，
玻璃窗外是安菲萨人来人往的小广场
一个活动的戏台，当年的儿童已经年迈，
铜像也已锈满斑驳的岁月。黄昏时
新来的客人推开咖啡馆的门，叫上一杯 Greece
咖啡
静静坐下来，看临近的几个老人打牌。

她的背包里带着一张诗人的照片，
关于它，是《流浪艺人》的另一个故事，
2011 年[①] 首尔的一个山坡上，而它开始于
1958 年[②]，
一个饥馑和革命的年代。

“每一张照片都在争夺遗像的位置。”
杨尼斯若有所思地说，“我已经死去二十年。”
他的身上，藏着一个无论何时都与他同龄的
女人。
他们一同从德尔菲赶到此地，晚餐
将在半小时后开始。“亲人们将在异乡相见”，
她想，并凝神听着褴褛大幕后的动静，
文艺宣传队的娘子军在后台默默跳着芭蕾[③]，
一声枪响，褐色的血慢慢从幕布下渗出。

“这里是 1938 年，也是 1976 年。

---

① 2011 年，笔者与陈超先生等一同参加在韩国首尔举办的第二届亚洲诗歌节，曾为他拍照片，听闻他离世后，笔者将照片赠给了其家人。该照片后作为遗像雕刻于墓碑上。

② 1958 年 5 月，中国“大跃进”运动开始。同年 10 月，陈超出生于山西太原。

③ 陈超诗作《回忆：赤红之夜》中写到“文革”时期文艺宣传队演出芭蕾舞剧《红色娘子军》的情节。

华北某拖拉机厂的一个青年工人
车床前开始酝酿他的《案头剧》①。
2014 年我遇到陈超在希腊的一家咖啡馆，
这里人来人往，有熙熙攘攘奇异的宁静。
灯光有些昏暗，照着他如常微笑的脸。”
而老沙纳西斯跺脚，双手击着拍子
和那些停止衰老的人们一起唱着：
“别错过今晚咖啡馆动人的演出，
那样的嘴唇，那样的眼睛
那样结实紧凑的年青身体……”②

1989 年③，咖啡馆的戏台关闭，一如远方
突然雅雀无声的城市。多年来幽灵们常挤在
台口窥探，夜深人静时便出来游荡。
六个小时的时差足够互换彼此的昼夜：
远在石家庄的殡仪馆告别仪式刚刚结束，
阴霾密布的天空下他望着远方，像一只

---

① 陈超年轻时曾是石家庄拖拉机厂的工人。《案头剧》是他的一首描写剧作家创作一部生活荒诞剧过程的长诗。

② 此曲根据希腊爱情民谣改编，安哲洛普洛斯执导的电影《流浪艺人》主题曲，词曲弥漫着欢快又悲伤的气氛，曾在他的葬礼上演奏。

③ 据咖啡馆主人沙纳西斯介绍，1989 年咖啡馆已经不再演出，大幕就此关闭。

猎豹跃过他的反抗:“在那儿。不。在这儿。”
他已换上了新的布鞋——①
老人们在打牌,时间一动不动。
安菲萨老咖啡馆的镜子,正映出他消瘦的侧脸。

2014 年 11 月 19 日

① 此句和上面“在那儿。不,在这儿”一句,引自陈超《在这儿》一诗的结尾。